André Olejko

André Olejko

———◆———

Mordsteine

Unheimliche Geschichten

© 2002 André Olejko · www.olejko.de

Alle Rechte liegen beim Autor

Einbandgestaltung/Titelfoto: Peter Waesch · www.peterwaesch.de

Preis: EUR 9,80

ISBN 3-8311-4604-7

Herstellung: Books on Demand GmbH, Norderstedt

Inhaltsverzeichnis

Auf dem Deich

»Arme Alexandra«, sagte ich mitleidig und stellte eine Kanne Tee, eine Trinkschale und einen Topf Honig an ihr Bett. Heftiger Novemberwind rüttelte an den alten Fensterläden.

Alexandra hustete.

»Du bist lieb. Machst du mir noch den Fernseher an, bevor du gehst?«

»Ja. – Und du graulst dich wirklich nicht, wenn ich dich heute Nacht allein lasse?«

Alex versuchte zu lächeln.

»Du tust ja gerade so, als ob ich im Sterben liege und du ein schlechtes Gewissen hättest.«

»Hab' ich ja auch«, protestierte ich schwach. »Hm. Ich könnte dich ja ein bißchen warmrubbeln.«

»Ach, Tom. Ich fühle mich dermaßen beschissen, da möchte ich einfach nur so daliegen, lesen und fernsehgucken. In Gedanken bist du doch sowieso schon längst im Gasthaus.«

Ich stellte das Telefon auf den Nachttisch.

»Aber wenn was ist, rufst du an, klar?«

»Jaja. Außerdem kommt Cousinchen mich nachher besuchen.«

»Bei dem Wetter?«

»Sie hat doch jetzt einen Führerschein.«

»Ach ja. Also gut, dann mach' ich mich jetzt auf den Weg.«

Ich stieg die Treppe zur Tiefgarage hinab. Unser schöner neuer Geländewagen war bei diesem Wetter genau das richtige. Das abgelegene Ferienhaus, das wir für ein paar Wochen gemietet hatten, stand direkt hinter dem Elbdeich. Ein oder zwei Kilometer stromaufwärts lag einsam das Gasthaus, in dem wir uns hin und wieder mit ein paar Freunden trafen. Der Weg dorthin verlief auf dem Deich entlang und war vom Regen sicher schon völlig aufgeweicht.

Ich drehte den Zündschlüssel. Der Anlasser quälte sich ein

paar Umdrehungen und schwieg dann.

»Das kann doch jetzt nicht wahr sein!« fluchte ich. Wütend knallte ich die Tür zu, stieg wieder in das Erdgeschoß hinauf und zerrte einen Regenmantel aus dem Flurschrank.

»Du bist ja noch nicht weg«, tönte es aus dem Schlafzimmer.

»Nee.« Ich knipste probehalber die Taschenlampe an ...

»Jetzt ist aber bald genug!« dröhnte ich durchs Haus. »Existiert denn in dieser Bude überhaupt keine volle Batterie?«

Alexandra kicherte.

»Meine Fernbedienung funktioniert. Aber sag jetzt nicht, du willst meine Batterien haben.«

»Neenee, die passen sowieso nicht. Ich rufe mal im Gasthaus an, ob mich jemand fahren kann.«

Ich griff zum Hörer und tastete die Nummer ein.

»'n Abend, Heinrich, hier ist Tom. Ist schon jemand von uns da? Dann gib mir mal eine von den Gestalten. – Hallo, Jens, kann mich einer von euch mit dem Wagen abholen? Meine Scheißkarre springt nicht an.«

»So'n Pech«, kam es von dort zurück. »Wir haben uns selber herfahren lassen. Bloß Tom fehlt noch.«

»Ich bin doch Tom!«

»Jaja, ich meinte ja auch Thomas. Wir müssen uns das mal abgewöhnen, euch beide Tom zu nennen.«

»Ja. Also ich geh' dann jetzt los. Bis gleich!«

Ich legte auf.

»Wo kriege ich denn jetzt bloß Licht her?«

»Mich deucht, als hätte ich auf dem Dachboden mal eine alte Petroleumlampe gesehen«, krächzte Alexandra.

Auf dem Boden des alten Hauses ging es ein wenig geheimnisvoll zu. Langsam stieg ich die schmale Treppe hinauf und knipste das Licht an. Eine alte Funzel erleuchtete müde und schaukelte quietschend an ihrem rostigen Haken. Unsicher tapste ich über die knarrenden Dielen. Lange Spinnweben wehten hin und her. Überall standen alte, dick mit Staub bedeckte Truhen. Ich konnte mich bisher noch nicht überwinden, eine von ihnen zu öffnen. Als Kind träumte ich hin und wieder, wie ich den Deckel einer altehrwürdigen Truhe anhob und darunter ein Skelett entdeckte ... Tatsächlich fand ich die besagte Lampe. Auch eine Flasche Petroleum stand daneben. Ich drehte den Docht heraus, füllte den Tank und stieg wieder ins Erdgeschoß hinab.

»So, kleine Alexandra, ich verschwinde dann.«

»Ja, tschüß.«

Draußen war es stockfinster und ein böser Regen fegte übers Land. Der Deichweg schien jedoch noch passierbar zu sein. Ich verkroch mich unter meiner Kapuze und stiefelte los.

Meine Lampe schaukelte im Winde und ihr Licht erweckte die Büsche am Wegesrand zum Leben. Sie schwankten wie schwarze Gestalten, die jeden Moment vor mich hin springen wollten. Einerseits gruselte es mich ein wenig, andererseits aber genoß ich die schaurige Stimmung. Immer im Herbst beschleichen mich düstere Gedanken, die sich im Frühjahr wieder wie lichtscheue Vampire verflüchtigen ...

Ich dachte an den Schimmelreiter, wie er einst auf seinem weißen nebligen Pferde lautlos über den Deich wehte. Und an den alten Deichamtmann Gysel van Lyr, der auch nach dreihundert Jahren noch seine Gruft in der Dorfkirche von Mödlich verläßt und auf dem Deiche umgeht, wenn sich ein Hochwasser ankündigt. Sehen können soll man ihn freilich nicht, allein das Klimpern seiner Rüstung hört man leise an sich vorüberziehen.

Ich blickte auf die Elbe. Wenn es weiterhin so regnen würde, gäbe es tatsächlich bald ein Hochwasser. Doch noch floß weit in der Ferne ihr silbern schimmerndes Band durch die Nacht. Aber das wollte nichts besagen. Bereits morgen früh konnten sich ihre Wasser still und schwer bis an den Deich herangeschoben haben.

Da plötzlich sah ich vor mir ein schwankendes Licht in der brausenden Finsternis.

Ich erschrak. Sollte das etwa ...?

»Tom?« rief ich der schwarzen Gestalt mit der Lampe hinterher.

»Ja«, erwiderte der Vermummte und blieb stehen.

Dann marschierten wir schweigend durch den Regen. Bald hatten wir das Gasthaus erreicht.

»Wieso geisterst du hier eigentlich mit genauso einer altmodischen Funzel herum wie ich?«

»Warum fragst du sowas merkwürdiges? Meine Taschenlampenbatterien waren leer.«

Ich griff zur Türklinke.

»Dann hatten wir ja beide das gleiche Pech.«

»Wieso wir? Du!« hörte ich noch, dann trat ich in die Gaststube.

Entsetzt prallte ich zurück.

Am Tisch saß Thomas und verteilte gerade Skatkarten.

»Tom!« rief ich voller Grauen. »Wo kommst du denn auf einmal her?«

Der hob erstaunt den Kopf.

»Was hast du denn?«

Ich riß die Tür auf und sprang ins Freie. Nichts. Da war niemand.

Mir fielen die letzten Worte meines finsteren Begleiters ein ...

»Wie lange bist du schon hier?«

»Zehn Minuten vielleicht.«

Meine Haare sträubten sich. Die anderen waren aufgestanden und kamen mir mit sorgenvoller Miene entgegen.

»Tom, was ist denn bloß los mit dir? Bist du krank?«

Jemand nahm mir den Mantel ab. Dann geleitete man mich zum Tisch.

10

»Aber ich bin doch eben noch mit dir auf dem Deich entlang ...«

Ich verstummte. Nein, so war es nicht.

Jens bestellte mir einen Grog.

»Jetzt setz' dich doch erstmal hin. Also, was ist passiert?«

Ich erzählte nun die ganze Geschichte.

»... und als ich sagte, welch ein merkwürdiger Zufall es sei, daß wir beide keine Batterien ..., da fragte er: ›Wieso wir? Du!‹«

Atemlose Stille herrschte im Gastraum. Im uralten eisernen Ofen prasselte ein kräftiges Feuer. Durch die offene Klappe drang der warme Schein der Flammen und huschte auf den Dielen umher. Auf der Herdplatte stand eine große rußgeschwärzte Kanne und aus der Röhre dufteten Apfelringe. Nur draußen, da tobte eine böse, stürmische Geisterschar.

Thomas wiegte ratlos den Kopf.

»Ich war das wirklich nicht, ehrlich. Die Gestalt hörte auf den Namen Tom, sie kam aus der gleichen Richtung wie du und sie trug eine Lampe wie du ...«

Ich ahnte, was er jetzt sagen würde.

»Tom, der dir da draußen begegnet ist, das warst *du*! Du bist dir selbst als Geist erschienen!«

Ich zitterte am ganzen Leibe.

»Dann bin ich wirklich krank.«

Sarah faßte mir mitleidig an die Stirn.

»Fieber hat er keins. Der Erlkönig war's also nicht.«

Ich nahm einen tiefen Zug aus dem Grogglas. Zaghaft kehrten meine Lebensgeister wieder.

»Ihr glaubt mir wohl nicht! Jens, sag du doch mal was, wir beide hatten doch schon mal so ein eigenartiges Erlebnis!«

Der nickte versonnen.

»Ja, das stimmt. Wenn man bloß wüßte, was da draußen vor sich gegangen ist ...«

Heinrich, der alte Wirt, brachte neue Aschenbecher und mur-

11

melte vor sich hin.

»Ist eine böse Zeit jetzt ...«

Susann schüttelte sich.

»Gott je, Heinrich, jetzt fangen Sie auch noch damit an. – Tom, hör mal, du bist ein bißchen übersensibel, neigst manchmal zu Selbstgesprächen, wenn du zu sehr in dich vertieft bist. Sowas kann sich entwickeln. Irgendwann spricht man nicht nur mit sich selbst, sondern man sieht sich sogar dabei.«

»Susi, ich werde doch wohl noch unterscheiden können ...«

»Ist ja gut! War ja bloß eine Idee. – Wieso ist Alex eigentlich nicht mitgekommen?«

»Sie liegt mit Fieber im Bett.«

»Aha. Du liebst sie doch sehr, nicht?«

»Ja. Warum fragst du?«

»Und daß sie krank ist, macht dir Sorgen.«

»Was soll denn das jetzt?«

»Tom, du hattest Alexandras Fieberfantasien!«

»So krank ist sie nun auch wieder nicht ...«

Doch da war ich schon zum Tresen unterwegs. Wortlos schob mir Heinrich das Telefon hin. Hastig wählte ich unsere Nummer.

»Alex? Geht es dir gut?« rief ich entnervt.

»Aber klar doch. Wir beiden Weiberchen machen es uns hier ein bißchen lustig. Und dir? Ich hab vorhin ein bißchen gedöst und dabei geträumt, wie du da so allein über den finsteren Deich ... Huh, war das graulich. Aber du scheinst ja heil angekommen zu sein.«

Ich atmete auf.

»Jaja, alles bestens. Also dann!«

»Jou, tschüß!«

Erleichtert ließ ich mich wieder auf meinen Stuhl fallen.

»Puh. – Susann, du hattest wahrscheinlich Recht. Aber merkwürdig ist es doch ...«

12

Wir schwiegen. Jeder hing seinen Gedanken nach. Nur am Tresen klapperte der alte Heinrich mit den Gläsern.

»Manchmal«, begann Thomas langsam, »ist es wirklich unheimlich. Glaubt eigentlich jemand von euch an Gespenster?«

Zaghaft, ohne rechte Überzeugung, wiegten einige von uns den Kopf. Nachdenklich zogen wir an unseren Zigaretten. Beinahe gleichzeitig bliesen wir den Rauch wieder aus. In der Mitte des Tisches bildete sich daraus ein eigenartiges Gebilde. Wie ein Gespenst breitete es seine spinnenwebenartigen Arme aus, dann setzte sich der untere Teil in Bewegung und schwebte immer schneller in Richtung Ofen. Das Gespinst wurde in die Länge gezogen, verschwand wie ein Geist in der Ofenklappe und entwich durch den Schornstein.

»Habt ihr das gesehen?« flüsterte Sarah. »Was war das? Das sah ja aus wie ein ...« Sie verstummte erschrocken.

Jens schüttelte den Kopf.

»Das war nur der Luftzug des Ofenfeuers. Nichts weiter.«

»Ach, Jens. Ich wollte mich doch bloß ein bißchen gruseln.«

Er lächelte mild.

»Ich kenne da eine eigenartige Geschichte. Soll ich die mal erzählen?«

»Auja!« riefen Sarah und Susi. Wir Männer lehnten uns nach hinten und grienten. Schließlich kannten wir seine Masche. Wenn er sich früher nachts in der Bar oder Disko ein Mädchen angeln wollte, erzählte er ein paar seiner schaurigsten Geschichten und die Kleine wollte dann auf keinen Fall mehr allein nach Hause gehen.

Jens ahnte, was wir dachten.

»Das könnte euch so passen. Jetzt werde ich euch mal was erzählen, was ich letztens tatsächlich erlebt habe.«

»Huh!« machten wir, nichts böses ahnend.

Er lehnte sich nach hinten und faltete die Hände.

»Weil wir gerade beim Thema Ofen sind: Ich habe mir vor

ein paar Monaten endlich eine Gasheizung einbauen lassen. Meine alten Kachelöfen waren endgültig hinüber. Der in der Dachkammer, ein ziemlich eigenartiges Gebilde, wurde schon seit Jahren nicht mehr geheizt. Den wollte ich als ersten abreißen.

Mit Hammer und Meißel machte ich mich an die Arbeit. Als ich die oberste Schicht abgetragen hatte, bekam er bereits überall Risse. Also packte ich eine Seite des Kachelmantels und riß sie einfach um. Gleichzeitig kippten auch die drei anderen Seiten auseinander. Und da plötzlich ...«

Jens verstummte. Seine Augen flackerten.

»... hörte ich einen leisen, aber gräßlichen Schrei ...«

Eine Gänsehaut kroch langsam an uns empor.

»... und auf dem nun leeren Ofensockel stand ein schwarzes bizarres Etwas. Augenblicklich zerfiel es zu schwarzem Ruß.«

Jens griff nervös zu seiner Teetasse.

»Tja.«

Ich schüttelte mich.

»Was soll denn das gewesen sein?«

»Was weiß ich?«

»Hm. Ruß besteht aus Kohlenstoff; Wasserstoff und Sauerstoff sind in der Luft enthalten. Diese drei Elemente sind die Grundlage des Lebens. Könnte es nicht sein, daß sich daraus im Laufe der Jahre in deinem Ofen ein Wesen gebildet hat? Daß der tote Ruß zum Leben erwacht ist?«

Thomas klappte mit den Zähnen.

»Hört auf jetzt. Daran habe ich auch gerade gedacht. Aber es muß ja nicht gleich ein – ein Tier gewesen sein. Kohlenstoff allein bringt ja schon merkwürdige Erscheinungsformen hervor: Ruß, Graphit, Diamant ... Er scheint ein Eigenleben zu haben, kann riesige bizarre Moleküle bilden, die bei der kleinsten Erschütterung in sich zusammenbrechen.«

Jens sah ihn aus schmalen Augen an.

»Und wie erklärst du dir den Schrei?«

»Bist du sicher, daß es einer war?«

»Ja.«

»Hast du schon mal das Geräusch gehört, wenn zwei Fliesen mit ihren glasierten Seiten aneinander reiben? Das kann sich wie ein Schrei anhören.«

Jens sah versonnen in die Kerzen.

»Ich hoffe sehr, daß du recht hast. Das mit dem Riesenmolekül leuchtet mir ein, aber trotzdem ...«

Der Wirt war inzwischen zu uns herangetreten.

»Wollt ihr zum Tee noch eine Flasche Rum?«

Wir nickten schweigend.

Bald darauf stellte er die Flasche auf den Tisch und hob die Kanne vom Ofen.

»Ihr solltet heute Nacht nicht solche Geschichten erzählen.«

Susann war verwundert.

»Was murmeln Sie denn bloß immerzu?«

Der alte Heinrich setzte sich zu uns an den Tisch. Aus seiner geräumigen Hosentasche förderte er eine lange gebogene Pfeife hervor. Das Mundstück verschwand unter seinem dicken buschigen Schnurrbart, worauf er einen abgeschabten ledernen Tabaksbeutel aufknotete.

»Tja, das ist eine alte Geschichte. Mein Großvater hat sie mir einst erzählt, als ich noch ein kleiner Junge war. In seiner Jugendzeit ging die Legende vom Schwarzen Schäfer, der in einsamen Nächten sein Unwesen trieb. Wenn in der Nacht die Nebel flach über den schwarzen Äckern trieben, begleitete er sie, als seien sie weiße Geisterschafe. Gemessen schritt er durch den Dunst oder stand einfach nur da.«

Er riß ein Zündholz an und setzte seine Pfeife in Gang. Nachdem er ein paar mal geschmaucht hatte, fuhr er fort.

»Es war eine riesenhafte Gestalt, fast zwei Meter hoch. Er trug ein langes schwarzes Gewand, und auf seinem Haupte saß ein Hut mit einer großen runden Krempe. Dieser warf einen Schat-

15

ten in sein Antlitz, sodaß niemand je sein Gesicht sehen konnte. In seiner Hand hielt er eine lange Stange ...«

Susann stieß einen Schrei des Entsetzens aus.

»Aber Fräulein Susi, ich habe doch noch gar nichts gruseliges erzählt.«

»Aber ...« Sie war kreidebleich und brachte kein weiteres Wort hervor.

Thomas rutschte auf der Bank zu ihr herüber und legte den Arm um sie.

»Heinrich hat Recht. Wir sollten jetzt aufhören. Schlagt doch mal ein anderes Thema vor.«

Doch niemandem wollte etwas einfallen. Das Unheimliche lastete wie schwerer Dunst auf dem alten Gasthause. Mir war, als wolle mein Geist sich verselbständigen, als rüttele er an seiner Kette ...

Der alte Heinrich erhob sich und kehrte mit einer Handvoll Holz zurück. Bedächtig schob er einen Scheit nach dem anderen in die Feuerluke. In den Gläsern seiner Nickelbrille spiegelten sich die auflodernden Flammen.

Draußen – von uns unbemerkt – wurden bereits die ersten Wellenbrecher von den schwarzen Fluten der Elbe überrollt.

Heinrich hob eine Schale mit gebackenen Apfelringen aus der Ofenröhre und stellte sie auf den Tisch.

Sarah murmelte: »Ich denke, wir sollten uns dem Geist nicht widersetzen. Drum laßt uns unsere Gedanken zu Ende erzählen. Susann, möchtest du nicht berichten, was du erlebt hast?«

Susann schreckte auf.

»Was? Ich? Ja, ich weiß nicht, aber ...«

Der alte Heinrich füllte unsere Gläser mit duftendem Tee. Dann ging die Rumbuddel reihum und jeder goß sich einen Schluck ins Glas.

Susi verkroch sich in Thomas' Armen und begann.

Der Obelisk

»Die Geschichte liegt schon fünfzehn Jahre zurück. Sie geschah in einer stillen Herbstnacht.

Ein Freund auf dem Dorf – es war in Klein Gottschow – hatte uns zum Geburtstag eingeladen. Damals hielt dort noch die Eisenbahn. Mitten im Wald steht ein winziges Bahnhofsgebäude mit einem kleinen Wartezimmer und dem Raum für den Fahrdienstleiter. Etwas abseits liegt ein alter Schuppen, in dem man damals für fünfzig Pfennig sein Fahrrad oder Moped abstellen konnte. Nachts war der Bahnsteig in das kalte Licht einer Bogenlampe getaucht. Auf dem Abstellgleis dämmerten ein paar Güterwaggons vor sich hin.

Im Warteraum befand sich ein Kachelofen, den man gegen eine Flasche Korn heizen lassen konnte. Kurz nach Mitternacht fuhr der letzte Zug nach Hause – wenn man den erreichen wollte, mußte man bereits eine Stunde früher im Dorf losgehen. Der Weg zum Bahnhof führte über einige Kilometer Kopfsteinpflaster. Im kalten Nächten war man also bei Erreichen des Haltepunktes bis auf die Knochen durchgefroren.

In jener Nacht brachen wir gegen 23 Uhr in Richtung Bahnhof auf. Nach ein paar Minuten Wegs hatten wir die letzten Häuser des Dorfes hinter uns gelassen und es wurde finster.

Ein kühler Nebelteppich lag träge auf den endlosen schwarzen Äckern und leuchtete traurig im grauen Licht des Mondes.

Ich ging als letzte.

›He, wartet mal kurz, ich muß mal!‹ rief ich den anderen zu und verschwand hinter einem Hagebuttenstrauch.«

Susann stockte und fingerte nervös eine Zigarette aus der Schachtel. Sie nahm einen tiefen Zug.

»Als ich wieder auf die Straße trat, war niemand mehr zu sehen. Zuerst dachte ich, die wollen mir einen Streich spielen und haben sich im Straßengraben versteckt, um mich zu erschrecken.

Ich schaltete meine Taschenlampe ein und leuchtete den Weg entlang – einmal voraus und einmal zurück. Aber es war niemand da. In der Hoffnung, noch jemanden einzuholen, bewegte ich mich im Laufschritt in Richtung Bahnhof.

Doch die Straße blieb leer und meine Rufe verhallten ungehört in der nebligen Stille. Aus dem dichten Brombeergestrüpp am Wegesrand kroch eine dunkle bucklige Gestalt: die Angst.

Zitternd tapste ich weiter. Meine Ohren vernahmen jedes Rascheln – plötzlich schien um mich herum alles voller unheimlichen Getiers zu sein.

Auf halber Strecke erreichte ich die Weggabelung, an der wohl schon zahllose Wanderer gerätselt haben, welcher der beiden Wege zum Bahnhof führt. Und so ging es nun auch mir. In der Aufregung konnte ich keinen klaren Gedanken fassen. Doch da erblickte ich an der Wegscheide einen schwarzen Schemen.

›Ulli!‹ schrie ich und rannte los. Doch jäh hielt ich inne.

Vor mir ragte ein mannshoher Granitobelisk aus dem Gestrüpp. Ein alter Wegweiser. Mir schwindelte. Ich umklammerte die Steinsäule, dann verließen mich die Sinne.

Nach einer Weile erwachte ich wieder. Meine Kleidung war feucht geworden und ich fror erbärmlich. Mit klammen Fingern knipste ich die Taschenlampe an und entzifferte die verwitterte Inschrift.

Unter einem Pfeil stand ›Zum Bahnhof‹ – die Schriftzüge, die auf den anderen Weg verwiesen, waren unleserlich. Ich folgte nun der Straße, die zum Bahnhof führen sollte. Merkwürdig, dachte ich, mir ist noch nie dieser Wegweiser aufgefallen. Bin ich hier falsch? Bin ich die ganze Zeit auf der verkehrten Straße gelaufen? Aber ich bin doch nirgends vom Wege abgewichen!

Ruckartig drehte ich mich um. Dort, wo eben noch der Obelisk stand, erblickte ich eine große finstere Gestalt. Sie trug ein langes Gewand, einen großen Hut und einen hohen – Hirtenstab.

›Hallo!‹ rief ich zaghaft.

Vorsichtig schlich ich zurück, und bald stand ich direkt vor der reglosen Erscheinung. Eigenartigerweise hatte ich überhaupt keine Angst.

›Hallo‹, hauchte ich noch einmal, doch dann spürte ich eine unheimliche Kälte in mir aufsteigen. Die Gestalt rührte sich nicht. Langsam hob ich die Taschenlampe. Der Lichtkegel kletterte an der Erscheinung empor.

Nur kurz blickte ich in ein uraltes, wie Gestein verwittertes Gesicht, aus dem mich zwei kleine tote Augen anstarrten. Dann rannte ich schreiend davon.«

Susann war aufgestanden und hielt ihre bleichen Finger vor den Ofen.

»Halb besinnungslos erreichte ich den Bahnhof. Dort wartete bereits der Zug. Unter dem blauweißen Licht der Gleisbeleuchtung wankte ich zwischen den Schienen entlang und bestieg mit letzter Kraft den hintersten Waggon. Ich ließ mich auf den Sitz fallen, und im selben Augenblick ruckte die Bahn an.

Nach einer Weile kam ein Eisenbahner, lochte meine Fahrkarte und verschwand wieder im vorderen Teil des Zuges. Allmählich kam ich zu mir. Gerettet!

Irgendwann schaute ich aus dem Fenster. Finstere Bäume flogen an mir vorüber, und manchmal glaubte ich, zwischen ihnen den Schwarzen Schäfer zu sehen. Schaudernd wandte ich mich ab.

Nachdem ich eine Weile vor mich hin gestarrt hatte, sah ich auf meine Uhr. Gott sei Dank, gleich kommt Perleberg.

Doch der Zug fuhr und fuhr. Langsam wurde ich nervös. Wie lange dauert denn das noch! Ich will nach Hause! Die Minuten krochen immer träger dahin, das Rattern der Räder wurde leiser und sanft glitt der Zug aus. Benommen stieg ich aus.

Ich schaute auf das Bahnhofsgebäude – und schlug entsetzt

die Hände vors Gesicht. Nein!

An der Wand stand in großen Lettern ›Klein Gottschow‹.

Ich war im Kreis gefahren!

Da hob sich das Signal und der Zug dampfte vor meinen Augen davon. Bald war das rote Schlußlicht im Nebel verschwunden.

Verloren stand ich im bleichen Lichtkegel der Bahnsteigbeleuchtung. Ich blickte zum Bahngebäude. Nirgends brannte Licht. Schwarze Fensterhöhlen starrten mich an. Das war's, dachte ich.

Doch dann beschlich mich ein sonderbarer Gedanke. Der Obelisk! Dort begann mein Irrweg, dorthin muß ich zurück! Zurück zum ...

Voller Angst umklammerte ich meine Taschenlampe. Irgend etwas zog mich auf den Weg, den ich gekommen war. Bald hatte ich die Stelle erreicht.

Aus dem Nebel vor mir tauchte der Schwarze – Obelisk. Die Sinne begannen wieder, mich zu verlassen. Ich taumelte gegen den Stein und bevor ich ohnmächtig wurde, glaubte ich im Granit das steinerne Gesicht des Schwarzen Schäfers zu erblicken. Dann senkte sich barmherzige Finsternis auf mich.

Im Morgengrauen fand man mich. Meine Freunde waren sofort nach meinem Verschwinden ins Dorf zurückgelaufen und hatten die Polizei alarmiert. Die ganze Nacht hindurch hatten sie nach mir gesucht, mehrmals wurde die Gegend um die Weggabelung durchkämmt, doch erst nach Stunden wurde ich entdeckt.«

Susann schloß entspannt die Augen.

Regungslos starrten wir auf die Mitte des Tisches.

»Der Zug *kann* nicht im Kreis gefahren sein, so eine Strecke gibt es überhaupt nicht!«

Sie richtete sich auf.

»Er ist es aber. Als ich wieder ausstieg, stand die Lok wie

20

beim ersten Mal am vorderen Ende des Zuges. Die Bahn fuhr abermals die Strecke nach Perleberg.«

»Dann hast du nach deiner ersten Ohnmacht am Obelisken alles weitere nur geträumt!«

Susann schüttelte den Kopf.

»Nein. Diesen Wegweiser hat es nie gegeben. Das weiß ich inzwischen. Es war der Schwarze Schäfer, der – zu Stein geworden – sich dort aufstellte, um mich in die Irre zu leiten.«

»Dann hast du auch das geträumt!« riefen wir.

Susi wurde ärgerlich.

»Nein, nein, und nochmals nein! In meiner Brieftasche fand ich später die Fahrkarte! Sie war abgeknipst!«

Dem alten Heinrich war die Pfeife erloschen. Er riß ein Zündholz an.

»Besser hätte ich den Schwarzen Schäfer auch nicht beschreiben können.«

Der Ofen bullerte anheimelnd.

»Dann gibt es diese Spukgestalt also wirklich?«

»Ja. Und die, die ihr begegnet sind, haben ähnliches erlebt wie Susi. Der Schwarze Schäfer lockte sie auf falsche Wege, wo sie im Kreis umherirrten. Stunden später gelangten sie wieder an den Ort, an dem alles begann. Eines an Susanns Geschichte jedoch ist neu: Sie konnte sein Gesicht sehen.«

Thomas rutschte nervös auf seiner Bank hin und her.

»Das heißt also, daß Gespenster tatsächlich existieren?«

Heinrich sah ihn aus klaren Augen an.

»Was sonst?«

Dann stocherte er in der Glut und hob das Tee-Ei aus der Kanne.

»Nun gut. Aber damit ist das Rätsel um den Schwarzen Schäfer ja nicht gelöst. Klein Gottschow liegt weit im Norden. Meinem Großvater erschien er in der Nähe von Klein Lüben. Das ist hier in der Gegend. Beide Dorfnamen beginnen mit ›Klein‹.

Als vor fast tausend Jahren die Deutschen dieses Land besiedelten, übernahmen sie bei ihren Dorfgründungen oft die Namen nahegelegener slawischer Siedlungen, versahen sie zur Unterscheidung jedoch mit dem Zusatz ›Groß‹.

Nun will mir scheinen, daß der Schwarze Schäfer aus slawischen Zeiten stammt, da er immer in der Nähe ursprünglich wendischer Dörfer erscheint. Merkwürdig, nicht wahr?«

Susann kniff ein Auge zu.

»Dann muß er schon tausend Jahre alt sein. Gibt es eine Sage über ihn?«

Der alte Heinrich schüttelte den Kopf.

»Nicht daß ich wüßte. Möglicherweise habe ich sie aber bisher nur übersehen. Mein Großvater hat ja sowas alles aufgeschrieben.«

»Wollen wir mal in seinen Aufzeichnungen nachsehen?«

»Hm. Na, dann kommt mal mit.«

Wir folgten ihm gespannt ins Hinterzimmer. Seine Frau werkelte gerade in der Küche.

»Na, Heinrich, was willst du denn nun schon wieder anstellen?« fragte sie verschmitzt.

»Ach, Frau, ich bring' auch nichts durcheinander. Ich versprech's. Wir wollen nur mal in Großvaters Büchern stöbern.«

Wir betraten die gute Stube. Ein großer Kachelofen strahlte wohlige Wärme aus. Zwei Wände waren bis an die Decke mit Büchern vollgestellt. Der alte Heinrich zog ein zerfleddertes Buch aus dem Regal.

»Dies ist eines seiner Tagebücher. Darin hat er auch sein Erlebnis mit dem Schwarzen Schäfer niedergeschrieben.«

Er legte das Buch aufgeklappt auf den Tisch. Ehrfürchtig beugten wir uns darüber. Da geschah etwas merkwürdiges: Ein kräftiger Windstoß drückte gegen das Haus, ein leichter Hauch durchwehte die Stube und blätterte eine Seite des Buches um. Dort erschien eine Zeichnung des Schwarzen Schäfers. Susann zuckte zusammen.

»Das ist er.«

Sie sah Thomas mit großen Augen an.

»Er hat uns ein Zeichen gegeben.«

Jens räusperte sich.

»Jetzt hör auf damit. Ich halte das alles immer noch nicht für Geisterspuk. Laßt uns doch erstmal Großvaters Bericht lesen.«

Heinrich nickte. Gemeinsam betraten wir wieder den Gastraum.

Nachdem er den gußeisernen Ofen mit neuem Holz bestückt hatte, las er uns aus dem alten Büchlein vor. Nach der Beschreibung, wann und weswegen Großvater mitten in der Nacht über die einsamen Felder wanderte, folgte die bewußte Stelle.

»... meine Laterne flackerte im Winde. Ich hörte ein Knistern, als ob jemand durchs trockene Gras geht. Erschrocken hielt ich inne. Vom Acker her schritt eine dunkle Gestalt an den Wegesrand und blieb dort regungslos stehen. Beherzt trat ich näher und frug: ›Wer seid Ihr?‹

Doch die Gestalt antwortete nicht. Sie hatte den Kopf gesenkt und die breite Krempe seines Hutes bedeckte sein Gesicht. Vorsichtig hob ich die Laterne. Dabei fiel mein Blick auf seine Hand, die den Hirtenstab umklammert hielt. Augenblicklich ließ ich die Laterne sinken und lief so schnell ich konnte davon.«

Heinrich unterbrach sich.

»Wenn ich mir Susis Beschreibung seines Gesichtes vor Augen halte, ahne ich, was Großvater Wilhelm da gesehen hat. Aber nun weiter:

Tags darauf spannte ich an und fuhr ins Nachbardorf zur alten Paschen, die eine Hexe sein soll. Ihr erzählte ich die Geschichte.

›Du bist dem Schwarzen Schäfer begegnet. Dies wird nur wenigen Menschen zuteil. Nur wer ein gutes Herz hat, dem erscheint er. Denn sein Geist muß ruhelos umherstreifen, seit ihm die fremden Siedler seine Schafe geraubt und seine Weidegründe genommen haben.

Er soll sich damals ertränkt haben. Seither nun steht er am Wegesrand und wartet auf einen barmherzigen Menschen, der ihm ein Lämmlein schenkt. Dann findet er Ruhe in seinem Grabe. Doch bisher fand sich niemand, der ein Schäflein bei sich hatte.‹

›Mutter Paschen, woher weißt du das?‹ rief ich.

›Er hat es mir gesagt. Er weiß wohl, daß ich der einzige noch lebende Mensch bin, der seine Sprache versteht.‹

›Du bist ihm begegnet und hast ihm kein Schaf gebracht?‹

›Ach, ach, wie sollte ich. Ich bin doch nur ein altes Kräuterweib, dem man nichts gutes nachredet. Deswegen wohl ist er mir auch nicht leibhaftig erschienen. Als ich einst im Walde war, um Holz und Kräuter zu sammeln, machte ich Rast an einem Kreuzwege. Ich lehnte mich an einen alten Stein und schlief bald ein. Im Traum hat der Stein zu mir gesprochen.‹

›Und warum erzähltest du niemandem davon?‹

›Ach, wer hätte mir geglaubt? Mir, einer alten Hexe.‹

Da mußte ich ihr wohl oder übel zustimmen. Doch einen weiteren Rat konnte mir die alte Paschen nicht geben, und so zog ich unverrichteter Dinge wieder von dannen.

Wenn ich nun nachts mit dem Fuhrwerke unterwegs bin, lade ich mir manchmal ein Lamm auf. Doch dem Schwarzen Schäfer bin ich nie wieder begegnet.«

Der alte Heinrich ließ das Buch sinken und schob sich die Brille wieder auf die Nase.

»Tja, so geht die Geschichte.«

Susann war auf einmal ganz traurig.

»Irgendwie tut er mir leid.«

Wir grinsten.

»Ach nee! – Aber nun zur Geschichte. Mit den fremden Siedlern meinte die alte Paschen die Deutschen. Dann ist der Schwarze Schäfer tatsächlich fast tausend Jahre alt. Und daß sie als einzige noch seine Sprache verstand, scheint mir eine weitere Bestätigung zu sein. Die slawische Sprache starb ja erst um 1700 aus – an versteckten Orten vielleicht auch später.«

»Ich habe den Eindruck, als zeige sich der Schwarze Schäfer nur Leuten, die zu Fuß unterwegs sind. Großvater Wilhelm wird sich aus nur allzu verständlichen Gründen nur noch per Fuhrwerk in die Nacht hinausgewagt haben. Er konnte ihm also auch gar nicht mehr erscheinen.«

Jens zupfte nachdenklich an seiner Nasenspitze.

»Dann leuchtet mir auch ein, warum er immer noch keinen Frieden im Grabe gefunden hat. Wer läuft denn schon nachts mit einem Lamm durch die Gegend?«

»Ein Schäfer zum Beispiel.«

Heinrich hob den Kopf.

»Wohl wahr. Aber mein Großvater erzählte mir, daß er später einen Schafhirten kennenlernte, dem der Schwarze Schäfer eines Nachts ebenfalls erschienen war. Doch der Hütehund weigerte sich bereits in sicherer Entfernung, die Herde auch nur einen Schritt näher zu lassen.«

»Dann steckt der Schwarze Schäfer in einer teuflischen Falle. Niemand versteht mehr seine Sprache, alle laufen vor ihm weg, und mit der Zeit wird er immer mehr zu Stein. Also mir tut er auch leid«, sagte Sarah.

Heinrich sinnierte weiter.

»Außerdem will mir einfach kein Grund einfallen, aus dem der Schwarze Schäfer erscheint. Es muß doch einen Anlaß geben!«

»Du sagtest vorhin, daß wir heute Nacht keine Schauermärchen erzählen sollten. Wie kamst du darauf?«

»Ich habe schon einige böse Nächte in diesem Hause erlebt, da bekommt man ein Gefühl für so etwas. Ich sage immer: Man hüte sich! Mit solchen Geschichten zieht man die Geister erst aus ihren Gräbern. Wenn der eigene Geist sich mit anderen Geistern beschäftigt, dann ruft er sie herbei, und sie erscheinen ...«

Mir fiel mein Erlebnis auf dem Deich ein.

»Susann! An was hast du gedacht, als du hinterm Hagebuttenstrauch verschwandest?«

»Hoffentlich kommt jetzt nicht der Schwarze Mann.«

»Da haben wir's! Und warum wohl hat sich das Buch vorhin von allein umgeblättert?«

»Weil wir ...«

Wir verstummten. Voll böser Ahnungen drehten wir unsere Köpfe langsam zum Fenster.

Hinter der Glasscheibe sahen wir das Gesicht des ...

»Da!« schrie Jens. »Er steht schon vor dem Haus!«

Alle waren aufgesprungen. Der alte Heinrich stützte sich entsetzt auf den Tisch. Susann schluchzte. »Er ist es, er ist es ...«

Thomas packte uns am Ärmel.

»Wir müssen was tun, der Augenblick ist gekommen. Heinrich, du hast doch Schafe im Stall!«

Heinrich, Thomas und ich warfen uns unsere Regenmäntel über. Ich griff zur Petroleumlampe und entzündete sie. Dann standen wir vor der Ausgangstür. Der alte Heinrich gab sich einen Ruck.

»Los!«

Er riß die Tür auf. Eisiger Wind fegte in den Gastraum. Die Kerzen flackerten. Wir liefen ins Freie.

Regungslos stand der Schwarze Schäfer vor dem Fenster. Das Licht aus dem Zimmer erleuchtete seine Gestalt und sein Ge...

Thomas zog mich am Ärmel.

»Mensch, komm bloß weg.«

Der Wind heulte grausig. Durch Schlamm und Regen kämpften wir uns zum Stallgebäude. Die Schafe darin blökten angstvoll. Mit schwankendem Lichte traten wir ein.

Heinrich riß einen Verschlag auf, warf einem Lamm einen Strick um den Hals und zog es hinaus in die tobende Nacht.

Da stand es nun und zitterte vor Angst und Kälte. Doch dann wurde es des Schäfers gewahr. Langsam und zutraulich trabte es auf ihn zu und legte sich zu seinen Füßen nieder.

Der Schwarze Schäfer beugte sich herab und nahm das Lämmchen liebevoll in den Arm. Gebannt beobachteten wir die Szene. Der Schäfer und das Lamm verschmolzen miteinander, dann knirschte es auf einmal wie Glasscherben.

Nichts rührte sich mehr. Wir warteten noch einen Augenblick und traten dann näher.

Vor uns lag ein großer buckliger Stein. Still glänzte er im Regen.

»Es ist vollbracht«, flüsterte der alte Heinrich und bekreuzigte sich. »Nun laßt uns jedoch wieder ins Haus gehen.«

Gedankenversunken nahmen wir Platz. Heinrich füllte unsere Gläser mit heißem Tee und ließ die Rumflasche darüber kreisen. Ich warf ein paar Stückchen Kandiszucker hinein. Er schimmerte wie Bernstein.

Draußen kroch die Elbe immer näher an den Deich heran. Ihre Fluten trugen ein großes dunkles Bündel mit sich. An einem Strauch in der Nähe des Gasthauses blieb es hängen ...

Johann

Susann starrte noch immer mit versteinertem Blick ins Leere.
»Ist es jetzt vorbei?«
Der alte Heinrich lächelte.
»Ja. Er wird dich nie wieder erschrecken. Doch es gibt ja noch zahllose andere Gespenster – aber das hätte ich jetzt wohl besser nicht sagen sollen.«
Susi fröstelte.
»Brrr. Naja, mal abgesehen davon, daß er mich im Kreis geführt hat, hat er doch nichts Böses angestellt.«
Man merkte, daß es ihr langsam wieder besser ging. Sie wurde vorwitzig.
»Ich möchte heute noch eine Gespenstergeschichte hören!« rief sie mutig.
Allmählich erholten auch wir uns von dem Schreck. Der Wind hatte sich gelegt und der Regen rauschte nun monoton vor sich hin. Zum ersten Mal am heutigen Abend vernahmen wir den schwerfälligen Gang der alten Standuhr. Tack... tack... tack... tack... Gong!
»Huch!« rief Sarah. »Die Uhr hat Eins geschlagen. Ende der Geisterstunde.«
Was, so spät schon? Unsere Blicke flogen zum Regulator.
»Das war ein Halbstundenschlag. Es ist erst halb sieben.«
Trotzdem hatte es uns erschreckt. Das Ende des Schäfers hätte gut dazu gepaßt. Der alte Heinrich schien unsere Gedanken erraten zu haben.
»Der Schwarze Schäfer hat sich nie an die Geisterstunde gehalten. Möglicherweise war er auch gar kein Geist. Denn immerhin steht er noch da draußen auf dem Deich.«
Nun überlief uns doch noch einmal ein leiser Schauder. Ein Geist, nun gut, der poltert ein wenig, aber ein Wesen aus Stein ...
Mit einer Handbewegung verscheuchte ich den ungemütlichen

Gedanken, der mich wie eine schwarze Fledermaus umflatterte.

Heinrich wiegte seinen grauen Schädel.

»Ich habe da ein Buch, das heißt ›Wahre Gespenstergeschichten‹, und wie der Name schon sagt, stehen da Begebenheiten drin, die tatsächlich passiert sind. Ich habe mir den Band gekauft, weil er auch eine Geschichte enthält, die in unserer Gegend passiert ist. Soll ich es herbeiholen?«

»Auja!« Wir rieben uns die Hände. Man muß den Teufel mit dem Beelzebub austreiben.

Der alte Heinrich verschwand und kehrte mit einem dicken Buch zurück.

»Wer möchte sie vorlesen?«

Thomas hob den Finger. Heinrich schlug das Buch auf und reichte es ihm.

»Einst fuhr ein Bauersmann aus Ünze mit seinem Knechte auf einem zweispännigen Wagen durch den dichten Wald nach Wilsnack, wo er einige Geschäfte zu tätigen hatte. Auf halbem Wege kam er an einem Moor vorbei, welches seit alters her Grünes Luch genannt wird. Dort blieb das Fuhrwerk im sumpfigen Grunde stecken.

Da half kein Rufen und kein Peitschenknallen; der Bauer und sein Knecht mußten wohl oder übel heruntersteigen und in die Speichen greifen. Der Bauersmann beschloß daher, bei der Rückfahrt einen anderen Weg einzuschlagen.

Der Handel auf dem Markte zu Wilsnack ging gut und der Bauer war's zufrieden. Großzügig lud er seinen Knecht zu einer Kanne Bier in einem Gasthause ein. Doch es blieb nicht bei der einen Kanne, und so begaben sich der Bauer und sein Knecht erst spät in der Nacht auf die Heimfahrt. Der beiden Sinne waren jedoch derart umnebelt, daß sie im stockfinsteren Walde den rechten Weg verfehlten und ihr Gefährt wieder geradewegs zu dem Sumpfloche lenkten.

Der Knecht erkannte alsbald den Irrtum, doch der Bauer meinte, er kehre nun nicht mehr um – vielmehr wolle er den Pferden vorher die Peitsche geben, wodurch sie die schlammige Wegstelle mit kühnem Schwunge durchfahren würden.

Kurz darauf war es soweit. Der Bauer schwang die Peitsche und rief: ›Lauft geschwind, ihr Rosse, sonst soll euch der Satan holen und in der Hölle weiterschinden!‹

Die Pferde preschten kräftig voran und der Bauer war guten Mutes.

Sein böser Fluch wurde jedoch von einem Sumpfgeist gehört, welcher seit alter Zeit im Luche im Röhricht haust und schon so manchen nächtlichen Wanderer schreckte. Er rauschte aus dem Geröhr, fuhr den Pferden in den Leib und trieb sie vom Wege ab auf das Wasserloch zu. Dabei schrie er: ›Es sei! Nun hole ich dem Teufel die Rosse, und dich, Bauer, nehme ich gleich mit!‹

Der Knecht erkannte die Gefahr und sprang geistesgegenwärtig vom Kutschbocke. Da er ein frommer braver Mann war, konnte ihm der Teufel kein Leid tun. Der Bauersmann jedoch versuchte, die sich wild gebärdenden Rosse zu bändigen. Aber der Wagen brach auseinander und der Bauer versank mitsamt den Pferden in der unheimlichen Schwärze.

Der Sumpfgeist saß im Schilf auf einem Irrlicht und rief: ›Bauer! Alle hundert Jahre gewähre ich dir, hinaufzusteigen und einen neuen Knecht zu holen, welcher in der Hölle neben dir auf dem Bocke sitzen wird!‹

Dann verschwand auch er gluckernd in der finsteren Tiefe.

Der Knecht hatte sich inzwischen hochgerappelt, und da er sah, daß er nicht mehr helfen konnte, lief er so schnell er konnte in sein Dorf und tat die schröckliche Geschichte kund. Die Bauersleute beschlossen darauf, am nächsten Morgen zum Luche zu fahren und zu sehen, was sie noch tun konnten.

Außer dem zerbrochenen Wagen wurde jedoch nichts weiter

entdeckt, und nachdem der Sumpf umsonst mit langen Stangen abgesucht worden war, vermeinte man nicht anders, als daß der Bauer und seine Rosse wahrhaftig zur Hölle gefahren waren. Sie bekreuzigten sich und zogen von dannen.

Alle hundert Jahre nun steigt der Geist des Bauern aus dem Moor, um einen ahnungslosen Wandersmann hinab in die Tiefe zu reißen. Darum, o Wanderer, verweile nicht an jenem Ort, wenn die Zeit gekommen ist!«

Thomas nahm einen Schluck aus seinem Glase.

»Dies war – so steht es hier – eine Geschichte, die der Autor eines Abends in einem alten Sagenbuche fand. Er berichtet weiter wie folgt:

Nun sagt man, daß den meisten Sagen eine wahre Begebenheit zugrunde liegt. Ich war natürlich neugierig darauf geworden, ob es sich auch hier um ein tatsächliches Ereignis handelte. Möglicherweise war das aber auch nur eine Schauermär, mit der man weniger frommen Schäfchen das allzu gotteslästerliche Fluchen austreiben wollte: Fluche nicht, denn siehe, es könnte sich erfüllen!

Ich beschloß, der Sache auf den Grund zu gehen und begann schon am nächsten Tage mit meinen Nachforschungen.

An einem Samstagnachmittag im Sommer 1987 – ich werde diesen Tag nie vergessen: es war der 18.7. – fuhr ich mit meinem Motorrad nach Ünze, um dort die alten Kirchenbücher zu durchstöbern, in denen ein solches Unglück ja verzeichnet sein müßte. Mit einigen altehrwürdigen Wälzern setzte ich mich im Pfarrhause auf die Veranda und blätterte vorsichtig in den knisternden vergilbten Seiten.

Kirchenbücher berichten meist über Geburten und Todesfälle. Mich erstaunte, wie selten jemand ein wirklich gesegnetes Alter erreichte. Fast alle starben jung. Die Todesursachen zeichneten ein wahres Horrorgemälde jener Zeit: Schwindsucht, Auszehrung, morgens tot in der Wiege gefunden, an Ofendämpfen erstickt, ertrunken ... Halt!

›Am 18. July, 1687 Jahre nach Gottes Geburt, geschah es, daß der Bauer Diederich B. aus Ünze mit seinem Knechte Johann S. des Nachtens an dem Grünen Luche im Ünzer Holz vom Wege abkam und daselbst im Wasserloche ertrank. Während der Knecht mit großer Noth sein Leben retten konnte, blieben der Bauer und die Wagenpferde auch am folgenden Tage verschollen, sodaß er für todt erkläret wird.‹

Die Geschichte hatte also tatsächlich stattgefunden. Ich zog mein Tagebuch hervor und schrieb die Eintragung ab. Dabei kam mir der Ausruf des Sumpfgeistes in den Sinn: ›Alle hundert Jahre ...‹

Ob etwa ...? Schnell blätterte ich weiter und fand zu meinem Erstaunen folgendes:

›Am 18. July, 1787 nach Christi Geburt wurde am Grünen Luch der hiesige Pfarrer Johann N. von einem nächtlichen Räuber attaccieret. Der Gottesmann konnte dem Lumpen jedoch mit Donnerstimme Einhalt gebieten und die Erscheinung verschwand im Wald hinter dem Luche. Angestellte Nachforschungen führten jedoch zu keinem Ergebnisse; der Unhold ward auch von Stund an nicht mehr erblicket.‹

Genau hundert Jahre danach, murmelte ich. Zufall? Ich glaube keineswegs an Gespenster und trotzdem war mir nicht wohl. Was mochte wohl am ...

›18. Juli 1887: Wegen der diesjährigen schlechten Viehweidung wurden die Thiere auch auf den nassen Wiesen am Grünen Luche gemästet. Heutigentags kamen zwei dort weidende Pferde dem Wasser zu nahe und stürzten hinein. Da es dort sehr sumpfig ist, konnten diese sich nicht zum Ufer zurückbringen und ertranken. Für den Schaden kommt jedoch die Perleberger Viehversicherung auf. Die Pferde gehörten Johann F., Eigentümer in Ünze.‹

Ich starrte auf das Wort ›Johann‹. Jedesmal traf es einen

Johann!

Ich schrieb alles in mein Tagebuch und brach dann auf. Noch heute wollte ich das Moor selbst in Augenschein nehmen. Im Dorfkrug kaufte ich mir eine Packung Kekse und zwei Cola und brauste dann mit einer langen Staubfahne durch die endlosen Wälder. Nach einigen Kilometern hatte ich den Ort erreicht.

Heute ist das Luch verlandet. Nur bei hohem Grundwasserstand bildet sich im Innern noch eine kleine blanke Wasserfläche. Direkt am Wege befindet sich ein künstlich ausgehobener Feuerlöschteich, in dem ich ein paar Fische entdeckte. Das eigentliche Moor ist im Sommer eine nasse Wiese, an deren Rand ein toter Baumstamm unheilverkündend in den Himmel ragt. Den Hintergrund bilden finstere Kiefern.

Fröstelnd schritt ich durch die Grasbüschel, zwischen denen schwarze Erde lauerte. Denn nicht selten ist es hohl darunter und so manch Unvorsichtiger war andernorts schon im Erdboden verschwunden. Irgendwie schreckte mich der Gedanke, der Sumpfgeist könne am hellichten Tage die Hand nach mir ausstrecken. Zwischen den dunklen Wolken erschien die Sonne und tauchte alles in ein freundliches Licht.

Ach was, dachte ich, dieser Ort ist so schön und friedlich, was soll hier umgehen? Ein paar Vögel sangen und eine Eidechse flitzte zwischen den Gräsern umher. Ich bestieg den Hochsitz, den Jäger am Rande des Moores errichtet hatten. Nachdem ich eine Weile die herrliche Aussicht genossen hatte, setzte ich mich auf der Bank nieder, öffnete eine Cola und zog das Sagenbuch aus der Tasche. Nochmals ließ ich die Ereignisse auf mich wirken.

Die Sonne wärmte immer mehr und ich lehnte mich nach hinten, um ein wenig zu dösen. Irgendwann muß ich dann eingeschlafen sein; ich träumte von allerlei wirrem Geisterspuk, und als ich erwachte, war es bereits dunkel und unangenehm kühl.

Ich reckte meine Glieder und schaute über die Brüstung des

Hochstandes. Der Mond schien hell und über der Stelle lag ein feiner Dunstschleier. Ich setzte mich wieder und genoß die Stille.

Doch da vernahm ich ein merkwürdiges Knacken – genau unter mir auf der Erde. Da, wieder! Das hölzerne Knarren stieg höher – so, als ob jemand die Leiter empor...

Kaltes Entsetzen packte mich. Ich saß in der Falle. Ich wollte aufspringen, doch eine unerklärliche Kraft preßte mich mit eisigen Klauen auf meinen Sitz. Sogar der Mond schien sich vor Angst hinter einer kleinen Wolke verkrochen zu haben.

Und dann schob sich ein unförmiger Kopf über die Brüstung. Ich wollte schreien, doch meinem aufgerissenen Mund entwich nur ein schauriges Röcheln. Die schwarze Gestalt erhob ihre langen dürren Arme über mich, an denen faulende Kleidungsreste herabhingen.

Da blies ein Windstoß die Wolke vom bleichen Schädel des Mondes und sein fahles böses Licht fiel der grausigen Erscheinung ins Gesicht.

Die schwarzglänzende Haut war mumienartig geschrumpft; wo einst die Augen saßen, stierten mich zwei leere Höhlen an, der zahnlose Mund war zu einem geifernden Grinsen verzerrt und die langen Haare wehten wie Spinnweben. Dann erhob die Moorleiche ihre krächzende dünne Stimme:

›Johann!‹

Der Schrei, der sich langsam in meiner Luftröhre emporgewürgt hatte, brach nun heraus:

›NEIIIN!!!‹

... und da erwachte ich ein zweites Mal, diesmal aber tatsächlich. Mein Schrei verhallte in der unheimlichen Stille. Zitternd und schweißgebadet stand ich da und schaute gehetzt um mich.

Nichts. Der Spuk war verschwunden. Nur weg hier, rief ich, polterte an der Leiter vom Hochstand herab, rannte zum Weg und sprang auf das Motorrad. Der Motor brüllte auf wie ein Ungeheuer und im Lichte des Scheinwerfers erwachte der Wald zum Leben. Die dürren Zweige der Bäume schaukelten warnend, Waldgetier stob angstvoll ins Dickicht und aus dem finsteren Loch eines Fuchsbaues glommen zwei böse Augen.

Ich fuhr an, doch gleich darauf blieb ich im tiefen Sand stecken. Panische Angst sprang wie ein kicherndes Gerippe hinter mich auf den Sitz, preßte sich an meinen Rücken und legte mir seine eisigen Knochenhände um den Hals.

›Jetzt fahr, du Schrottmühle‹, schrie ich hysterisch, ›sonst soll dich der Teufel holen und in der Höl...‹

Erschrocken verstummte ich jedoch, den Motor hatte ich abgewürgt. Ängstlich sah ich mich um, ob auch niemand meinen Fluch gehört hatte.

In die unheimliche Stille erscholl von weit her ein langer klagender Ton.

Die Kirchturmuhr in Ünze hatte Eins geschlagen.«

»Uiuiui«, rief Susann schaudernd. »Von wem stammt denn die Geschichte?«

Thomas blätterte zum Anfang zurück.

»Hans B.«

»Hans? Das ist doch die Kurzform von Johann ...«

Wohl war uns nicht. Der Autor hatte die Geschichte zwar nur geträumt, doch hieß er Hans und auch die hundert Jahre waren auf den Tag genau vergangen. Zufall? Sarah schüttelte den Kopf.

Der alte Heinrich füllte wieder unsere Gläser.

»Tja, tja. Viel Geheimnisvolles geht noch um ...«

Plötzlich klirrte es. Wir zuckten zusammen. Mitten auf dem Tisch saß ein schwarzes Etwas – Heinrichs Kater.

Jens faßte sich mit beiden Händen an die Brust.

»Ich krieg' heute noch einen Herzinfarkt!«

Heinrich nahm das Tier in den Arm und kraulte sein weißes Lätzchen. Es schnurrte wohlig. Dann sah es aufmerksam auf den Tisch.

Durch das Schummerlicht waren die Pupillen der Katze ganz groß und rund. Doch je länger sie in die Kerzen starrte, desto mehr verengten sie sich zu schmalen schwarzen Schlitzen, die senkrecht in den grünen Augäpfeln stand. Heute Nacht sah sogar das unheimlich aus.

Dann sprang der Kater lautlos zu Sarah auf den Schoß, ihre Hände glitten durch sein Fell und ihre grünen Augen bekamen einen merkwürdigen Glanz ...

Versonnen genossen wir die Stille. Der monotone Regen machte uns schläfrig. Doch da fiel mir noch eine kleine Anekdote ein, die mir vor ein paar Jahren widerfahren war.

Langsam kletterte die Elbe am Deich empor. Eine Woge drehte das schwarze Bündel, welches immer noch im Busch hing, auf die andere Seite. Zwei leere Augenhöhlen starrten sinnlos in den unheilvollen Himmel ...

Doch in den Gewölben ...

»Eines abends sitze ich bei Kerzenschein im Sessel und schreibe einen Brief. Mein Haus war zu der Zeit erst halb fertig und in einigen Räumen sah es noch aus wie Kraut und Rüben. Noch nicht mal eine Kellerluke hatte ich zustande gebracht, sodaß an jener Stelle ein schwarzes Loch klaffte. Unten lagen noch die abgeschnittenen Rohrstücke vom Heizungsbauer sowie allerlei Papier umher.

Plötzlich dringen unheimliche Geräusche aus dem Keller an mein Ohr. Obwohl ich damals allein dort wohnte, hatte ich mich noch nie in meinem großen Hause gefürchtet. Doch das änderte sich nun schlagartig.

Wie ein Eiszapfen sitze ich reglos am Tisch, während mein Gehirn fieberhaft arbeitet. Was kann das sein? Eine Ratte?

Nein, denke ich, die Kellermauern bestehen aus Betonsteinen, die Abflußrohre sind alle verschlossen, dort kann keine Ratte eindringen. Doch was dann?

Lautlos erhebe ich mich, schleiche zur Küche und nehme mein langes Brotmesser. Ohne Licht zu machen, tappe ich Stufe für Stufe eine Etage tiefer. Dann kauere ich bewegungslos am Rande des Kellerauges. Schwarz gähnt es mich an. Dort unten ...

Aber es ist still.

Nach einer Weile bewegt sich etwas auf leisen Sohlen. Ich höre die Rohrenden aneinanderklingeln. Es hebt Papier an, scheint es zu betrachten und wieder niederzulegen. Suchend schlurft es umher.

Mein Gott, denke ich schaudernd, das hört sich ja an wie ein Gespenst, das mit seinen Ketten rasselt!

Als ich mich bewege, verstummt das Wesen.

Doch gleich darauf spukt es weiter. Ich nehme meinen ganzen Mut zusammen, klemme mir das Messer zwischen die Zähne und schalte das Flurlicht an. Unten raschelt es noch einmal kurz, dann herrscht Stille. Vorsichtig leuchte ich in den Kellerschacht. Doch es ist nichts zu sehen. Dann steige ich langsam die Leiter hinab.

Aufmerksam beobachte ich den Kellerfußboden. Wenn es eine Ratte ist, springt die mich an, wenn sie sich in dem engen Loch bedroht fühlt. Eine Gänsehaut überzieht mich wie Rauhreif. Dann stehe ich unten.

Nichts.

Der Lichtkegel meiner Taschenlampe schwenkt durch die offenstehende Tür in den leeren Heizungskeller.

Auch hier nichts!

Ich durchsuche alles, schaue hinter den Heizkessel, in den Maurereimer. Kein Loch in der Wand, kein Gegenstand, der im Winde schaukelt, kein Tier – nichts.

Mir wird immer mulmiger. Es muß etwas unsichtbares sein, durchfährt es mich.

Mein Blick fällt auf die offenstehende Tür. Sie lehnt an der Wand, doch dahinter wäre genügend Platz für ein ...

Und da wird es mir zur bösen Gewißheit: Dahinter und nirgendwo anders sitzt *es*!

In einer Hand halte ich das Messer, die andere greift zur Türklinke. Langsam ziehe ich die Tür zu und da sehe ich ...«

Ich verstummte. Alle Augen – sogar die der Katze – sahen mich erwartungsvoll an.

»... einen winzigen Igel.«

»Nein!« schrien alle erleichtert durcheinander. »Wie ist denn der dahin gekommen?«

»Da ich damals noch kein Kellerfenster hatte, war der Lichtschacht nur mit Dachpappe und einer Mineralwolleplatte abgedeckt. Auf der Suche nach einem warmen Plätzchen für den Winterschlaf hat sich der Igel da irgendwie durchgewühlt, fiel in den Lichtschacht und von dort in den Keller. Da kroch er nun umher und wollte sich aus dem Papier ein Nest bauen.

Dabei lief er ständig gegen die Rohrstücke.«

»Ich mag gar nicht daran denken, wie deine Nachtruhe ausgesehen hätte, wenn du nicht auf die Idee gekommen wärst, hinter die Tür zu sehen.«

»Ich auch nicht. Aber der Verstand hat zu mir gesagt: Fang wegen einem bißchen Kettenrasseln nicht gleich an, an Gespenster zu glauben, sondern sieh richtig nach. In höchster Seelennot bin ich dann auf die Tür gekommen.«

»Und wenn dahinter niemand gewesen wäre?«

»Tja, dann ... Aber auch das habe ich schon erlebt: An einem windstillen Sommerabend vernehme ich auf dem Dachboden einen eigenartigen Ton, den ich noch nie zuvor gehört habe. Es ist ein Wimmern, als ob ganz von Ferne langsam und schwer eine Totenglocke läutet. Ich also rauf auf den Dachboden, Licht an und – nichts! Und wie ich es auch anstelle, diesmal ist da wirklich nichts. Doch das Wimmern ist lauter geworden. Leise öffne ich die Dachluke und klettere heraus. Ich halte mich am Schornstein fest und mein Blick gleitet langsam am Antennenmast empor. Ganz oben sitzt ein dicker schwarzer Rabe und putzt sein Gefieder. ›Kraah!‹ rufe ich, der Rabe flattert von dannen und das Wimmern verstummt.«

»Puh, dann ist also auch das nochmal gutgegangen.«

»Ja. Aber irgendwann kommt der Tag, da ...«

»Nunja, man sagt, dreimal geht sowas gut, das nächste Mal dürfte dir also noch nichts passieren.«

»Doch, denn das war schon die dritte Heimsuchung. Die allererste ist mir schon vor langer Zeit widerfahren, als wir noch als junge Spunde mit unseren Mopeds durch die Gegend knatterten. Im Süden von Perleberg befindet sich der Waldfriedhof. In der Mitte des Friedhofes kreuzen sich die beiden Hauptwege im rechten Winkel. Dort hat man auch die Kapelle für die Totenfeier errichtet. Südlich des Friedhofes befindet sich ein großer Parkplatz, hinter dem sich finsterer Wald erstreckt und der des

Nachts wie ausgestorben daliegt. Dort trafen wir uns allabendlich mit unseren Mopeds, rauchten und quatschten manchmal bis zum Morgengrauen. Eines Nachts jedoch muß uns der Teufel geritten haben, denn wir veranstalteten auf den schnurgeraden Wegen des Friedhofes ein wüstes Mopedrennen.

Mit schauerlichem Motorengeheul geisterten wir durch die Gräberreihen, Kreuze und Grabsteine flogen im gespenstischen Scheinwerferlicht an uns vorüber, lange Schatten schlierten an den Büschen und Bäumen empor, und in den Glasfenstern der Kapelle blitzten unheimliche Lichter. Doch diese frevelhafte Tat sollte an uns, die wir die Ruhe der Toten gestört hatten, nicht lange ungesühnt bleiben.

Einige Zeit später wollten wir eine Mutprobe machen und ohne Licht auf dem Friedhof zur Kapelle und zurück wandeln. Nur vier aus unserem Haufen fanden sich dazu bereit. Da wir uns aber nicht minder gruselten als die Zurückbleibenden, tapsten wir ängstlich und eng beieinander den finsteren Weg entlang. An der Kapelle angekommen, hielten wir schweigend inne. Von links, den anderen Hauptweg entlang, schimmerte das bleiche Licht der Straßenbeleuchtung der Wilsnacker Chaussee und spiegelte sich grau in den Fenstern der Kapelle, sodaß es aussah, als fände darin eine spukige Totenfeier statt.

Da sich unter uns Vieren auch ein Mädchen befand, wollten wir Jungs keine Blöße zeigen und gaben uns mutig und vorwitzig. Wir kamen überein, daß erst der ein wahrer Held sei, der es wagte, an der Mauer der Kapelle zu lauschen und einen Blick durchs Fenster zu werfen. Niemand wollte zurückstehen, und so schlichen wir an die finster aufragende Kapelle und horchten. Und tatsächlich – drinnen schien etwas umzugehen, denn wir hörten ein leises Rascheln und Knistern. Entsetzt fuhren wir zurück und taumelten rückwärts einige Schritte dem Licht der fernen Straße entgegen, um der unheimlichen Finsternis zu entrinnen.

Schlottern starrten wir auf die Kapelle, an deren Wand unsere Schatten zusehends ins Riesenhafte wuchsen und sich bedrohlich über uns erhoben. Und dann schrien wir gleichzeitig auf. Neben unseren vier Schatten war ein fünfter aufgetaucht ...«

»Und? W-was war das?« riefen die anderen.

»Hinter uns vernahmen wir eine völlig ahnungslose Stimme, die verwundert fragte: ›Was ist denn mit euch los?‹ Als wir uns umdrehten, erkannten wir einen der Zurückgebliebenen, der uns unbemerkt nachgefolgt war. Wir hätten ihm beinahe Prügel verabreicht.«

»Na, das kann ich mir vorstellen.«

»Die Toten hatten sich nun für immer Ruhe verschafft. Wir haben den Friedhof nie wieder in dunkler Nacht betreten.«

»Nie wieder ... dazu fällt mir gerade ein, wie ich als kleiner Junge nie wieder in mein Bett gehen wollte. Ich vermutete nämlich, daß darunter eine Hexe liege, die mir, wenn ich ins Bett steigen wollte, mit Krallenhänden an die Fesseln greifen und mich nicht mehr loslassen würde.«

»Jaaa, na davor hatten wir wohl alle irgendwann mal Angst – bis zu dem Tage, an dem wir uns überwanden und einen tapferen Blick unters Bett gewagt haben.«

»Das habe ich auch einige Male getan. Aber das war im Grunde sinnlos. Der finstere Raum unter meinem Bett war nämlich schon seit Jahren eine hervorragende Möglichkeit, mein Zimmer schnell und unproblematisch in einen aufgeräumten Zustand zu versetzen. Wenn etwas schnell weg mußte – die Indianerstämme aus Gummi, Spielzeug-Autos, Bauteile für Burgen und Western-Forts, Murmeln, Eicheln und Kastanien –, habe ich es mit einem Wisch daruntergeschoben. Hinter diesem Trümmerwall hätten sich sehr wohl eine Hexe und noch sieben Zwerge verstecken können.

Ich bin also abends nicht einfach ins Bett gegangen, sondern aus sicherer Entfernung raufgehechtet. Irgendwann habe ich die ganze Geschichte dann vergessen. Doch eines Nachts – ich liege still auf dem Bett und lese –, da passiert es. Ohne ersichtlichen Grund klappert es unter dem Bett, eine Kastanie rollt hervor und bleibt mitten im Zimmer liegen.«

»Ach du lieber Himmel. Ich nehme an, daß du danach den Absprungort zum Bett zur Türschwelle zurückverlegt hast.«

»Das weiß ich nicht mehr, aber das Problem bestand ja darin, dort erstmal heil wieder herauszukommen! Ich hab' wie ein Toter dagelegen und nicht gewagt, mich zu rühren, geschweige denn das Licht auszumachen. Den Rest der Geschichte hat mein Hirn gnädigerweise gelöscht.«

»Das war wahrscheinlich auch gut so.«

Thomas schien schon eine Weile nicht mehr zugehört zu haben.

»Ich will euch jetzt eine Kellergeschichte erzählen, die nicht so lustig ausgegangen ist.«

Die Ofenklappe kreischte, als Thomas sie öffnete. Dann warf er ein paar Kiene hinein.

Vor ein paar Jahren bekam unsere Firma den Auftrag, ein großes Geschäftshaus in der Altstadt zu sanieren. In allen Etagen des heruntergekommenen Hauses tummelten sich Maurer, Klempner, Heizungsmonteure, Trockenbauer und und und. Unsere Firma sollte die Elektroanlage erneuern.

Der Bau war noch zu Kaiser Willems Zeiten errichtet worden – allerdings auf einem Keller, der schon mehrere hundert Jahre auf den buckligen Gewölben haben mußte. Da der Grundwasserstand in der Altstadt recht hoch ist, wurde der Keller damals nicht allzu tief in die Erde gegraben. Man konnte deshalb nicht aufrecht darin stehen.

Seine Mauern bestanden zum Teil aus Feldsteinen, aber auch Ziegel waren darin verbaut. Letztere hatte man vor allem als Fußbodenbelag verwendet. Das Verlies war in zahlreiche Räume unterteilt, meist waren es muffige finstere Verschläge voller Gerümpel. Wundersamerweise funktionierte in einigen Buchten sogar noch das elektrische Licht. Uralte 15-Watt-Birnen hingen traurig an zerfransten Kabeln von der Decke.

Die Wände waren schwarz vom vielen Kohlengrus, der hier jahrzehntelang hin- und hergeschaufelt worden war. Auf dem Boden hatte er eine glitschige Schicht gebildet. In einem besonders dunklen Loch stand ein völlig vergammelter Heizkessel. Die Rohre waren teilweise abgerostet, und das Rauchrohr ragte wie ein schwarzes Gespenst aufrecht in den Raum.

Am schlimmsten aber waren die Spinnweben. Wie graue klebrige Tücher hingen sie bis zu anderthalb Meter lang in den Gewölben. Aber eigentlich sind das ja gar keine Spinnweben, es ist wohl Staub, der sich zu Fäden und Matten verwoben hat.

Als ich mit dem Klempner hinabstieg, hatte ich den Eindruck, als seien wir die ersten Menschen, die sich in den letzten fünfzig Jahren hier heruntergewagt hatten.

Olaf, der Klempner, schob sich angewidert ein riesiges Spinnengewebe aus dem Gesicht.

»Pfui Deiwel, wer soll denn hier arbeiten?«

»Oh, oh, da haben wir uns ja auf was eingelassen. Man kann ja vor lauter Dreck kaum treten. Und wie das hier stinkt!«

»Ob's hier Ratten gibt?«

»Also wenn ich Ratte wäre, ich würd's hier keine fünf Minuten aushalten.«

»Stimmt. Naja, aber irgendwie müssen wir ja einen Anfang finden. Sag mal, kann ich die Steckdose hier benutzen?«

»Faß den Plunder bloß nicht an. Wir legen uns besser ein paar Verlängerungskabel runter, und dann hängen wir in jedem Puff 'ne Kabellampe auf.«

Als wir durch das Erdgeschoß liefen, hinterließen wir fettglänzende schwarze Tapsen. Olaf hüpfte auf der Stelle.

Ich schüttelte den Kopf.

»Vergiß es. Das trocknet zum Feierabend und fällt dir zu Hause von allein von den Sohlen.«

»Drum eben. Aber das Zeug klebt wie Elefantenscheiße. – Guck mal, ich hab hier einen Halogenstrahler, den stellen wir in das erste Kabuff.«

Bald danach hatten wir uns mit Bohrhämmern und Werkzeugtaschen bewaffnet und stiegen wieder in den Keller. Eine alte Kiste diente uns als Abstellfläche. Dann gingen wir ans Werk. Olaf begann, mit einem Trennschleifer sämtliche alten Rohrleitungen abzuschneiden, während ich die vergammelten Kabel von den Wänden riß. Immer, wenn eine Befestigungsschelle samt Dübel aus dem Mauerwerk sprang, flog mir feuchter Kalkmörtel in den Hemdkragen und rieselte kalt an mir herunter. Ich fluchte.

Stück für Stück arbeiteten wir uns durch die Verliese. Olaf hing den Trennschleifer an einen rostigen Haken.

»Raucherpause.«

Wir hockten uns hin und zündeten uns eine Zigarette an.

»Ach Gott je, da hinten ist ja noch eine Butze. Hoffentlich geht's da nicht noch weiter.«

Olaf stand auf und schaute in den Raum.

»Nee, hier ist Schluß. Da hinten links muß ich mit Gas, Wasser und Scheiße runter.«

Ich überlegte.

»Das paßt mir gut. Laß uns den Deckendurchbruch gemeinsam machen, dann kann ich da gleich mein Kabel mit durchstecken.«

Der Klempner trug seinen Bohrhammer wieder nach oben und begann zu bohren. Ich riß die letzte Leitung von der Wand. Nach einer Weile kam Olaf herabgestiegen.

»Ist der Bohrer schon zu sehen?«

»Nee.«

»Er steckt aber schon bis zum Futter in der Decke, und einen längeren hab' ich nicht. Ob die Mauer hier unten dicker ist als im Erdgeschoß?«

»Wahrscheinlich. Wie tief bist du denn drin?«

»Na, 'nen Meter bestimmt.«

Wir klappten unsere Zollstöcke aus. Ich maß den Abstand vom Kellerloch zur Außenwand im Erdgeschoß und Olaf im Keller.

»Sieben achtzig.«

»Acht fuffzig. Dann ist die Wand hier unten ja über einen halben Meter dicker als oben.«

»Kann doch wohl bald nicht sein. Ich hatte den Eindruck, als sei der Bohrer schon durch die Decke durch. Die letzten zehn Zentimeter hab' ich durch Luft gebohrt. Dann ist die Wand hohl, oder was?«

Nochmals leuchteten wir die Kellerdecke mit einer Kabellampe ab. Aber nirgends sahen wir die Spitze des Bohrers. Dafür entdeckten wir ein zugemauertes Fenster.

»Sieh dir das an! Hier unten kriegste kaum Luft, und die mauern das Fenster zu! Damit es hier so richtig schön vor sich hin muffeln kann!«

»Das müßte man aufkloppen.«

Ich nahm einen Spachtel und stieß den verrotteten Putz von der Wand. In großen Schollen polterte er herab.

»Das ist gar kein Fenster. Das war mal 'ne Tür.«

»Dahinter ist wahrscheinlich noch ein kleiner schmaler Raum. Na, um so besser. Dann hauen wir hier ein Loch rein und dann müßte man oben im Bohrloch Licht sehen.«

Gesagt – getan. Nach ein paar Hammerschlägen fiel der erste Ziegel plumpsend in den Hohlraum. Bald hatten wir ein quadratmetergroßes Loch in die Wand geschlagen. Vor uns gähnte ein schwarzer Schlund. Vorsichtig schob ich meinen Kopf und eine Kabellampe hinein.

»Da ist ja dein Bohrer.«

»Na, Gott sei Dank. Was ist denn da nun drin?«

Ich schwenkte die Lampe und schaute mich um.

»Ein langer Gang«, sagte ich hohl. »Sieht aus wie 'ne alte Kanalisation.«

»Laß mich auch mal gucken ... Ach du lieber Himmel, wir müssen die ganze Tür raushauen. So einen langen Arm hab' ich nicht.«

Olaf trat wuchtig gegen den Mauerrest, der auch sofort umfiel.

»Die scheinen für den ganzen Bau nur einen Sack Kalk verbraucht zu haben. Einen halben zum Mauern und einen halben zum Verputzen.«

»Ja. Ein Wunder, daß die Bude überhaupt noch steht.«

Dann traten wir in den engen Tunnel. Im Boden war eine Vertiefung eingearbeitet, durch die ein träges Rinnsal floß.

»Das scheint wirklich eine Kanalisation zu sein. Komisch, die Brühe riecht überhaupt nicht nach Scheiße.«

»Das ist auch keine. Aber irgendwas gärt hier still und leise vor sich hin. Das ist ja ein Brodem sondergleichen.«

»Pfui Deibel. Hm. Der Tunnel scheint länger zu sein, als das Haus breit ist.«

Ich leuchtete in die Tiefe.

»Da hinten macht er sogar einen Knick. Wieso verläuft der überhaupt unter dem Haus und nicht unterm Gehsteig?«

»Was weiß ich. Wollen wir mal ein Stück hineingehen?«

Ich zog mir einige Meter Kabel heran und legte es in Schlaufen in meine Hand. Bei jeden Schritt ließ ich eine Schlinge fallen. Unsere Stimmen hallten gespenstisch durch das Gewölbe.

»Das ist unheimlich hier.«

»Das habe ich auch gerade gedacht. Wenn bloß dieser Gestank nicht wäre.«

»Fürchterlich. Aber es zieht hier ein wenig. Vielleicht verschwindet der Geruch ja nach einer Weile.«

Wir tappten weiter.

»Merkwürdig, hier scheint's gar keine Ratten zu geben.«

»Dabei müßte es hier doch eigentlich wimmeln.«

In Olafs Augen glomm eine böse Ahnung.

»Was hast du?«

»Thomas! Irgend etwas ist hier unten!«

Kalt überlief es mich.

»Wie kommst du darauf?«

»Ich fühle es! Dieser Geruch ... und daß es hier keine einzige Ratte gibt! Und wieso wurde die Tür zugemauert?«

Aus einem runden Mündungsloch am Ende des Tunnels sprudelte plötzlich Wasser heraus. Erschrocken sprangen wir breitbeinig auf den erhöhten Rand der Rinne, um keine nassen Schuhe zu bekommen.

»Mensch, paß bloß auf!« rief ich.

Angestrengt starrten wir in die Flüssigkeit, die zwischen unseren Beinen hindurchströmte. Meine Knie zitterten. Olaf hatte Recht. Irgend etwas war hier.

»Siehst du was?«

»Nein.«

Ich blickte ihm über die Schulter. Und da geschah etwas Merkwürdiges. Aus dem Loch glitt etwas heraus. Der Strom in der Rinne begann sich zu kräuseln, dann drehte sich das Wasser um seine Fließachse, sodaß es aussah wie das Gewinde einer riesigen Holzschraube. Langsam schlierte der Strudel auf uns zu. Starr vor Entsetzen stierten wir in die Rinne.

»Das sieht aus wie ein durchsichtiger Wurm ... wie Schleim ...«

Dann floß es zwischen unseren Beinen hindurch. Im trüben Wasser glaubte ich zwei tote glasige Augen zu sehen. Der Strudel verschwand hinter uns in der Dunkelheit, ohne das etwas geschehen war. Aus der Öffnung vor uns tröpfelte es nur noch.

»Raus hier!« schrien wir zugleich und rannten zum Ausgang. In fliegender Eile stellten wir eine alte Tür vor das Loch. Dann fingerten wir nervös nach unseren Zigaretten.

»Was war das, Mann?«

»Ich weiß es nicht – aber es war etwas! Es – es hatte Augen!«

»Das hab' ich auch gesehen! Wir können uns nicht beide geirrt haben!«

Olaf schüttelte sich.

»Das war ein Ungeheuer! Deshalb gibt's da keine Ratten! Es hat sie alle gefressen! Und uns hätte es auch ...«

Er verstummte.

»Was machen wir denn jetzt? Das können wir doch niemandem erzählen.«

Mir wurde auf einmal schwindlig.

»Wir müssen uns verguckt haben, aber ... *ich habe es doch genau gesehen*!« schrie ich.

Auch Olaf sah aus wie eine Leiche.

»Raus hier ... mir ist schlecht, ich muß hier raus!«

Stöhnend richteten wir uns auf und stolperten zur Kellertreppe. Doch wir fanden keine Kellertreppe.

Gehetzt sahen wir uns an.

»Die Treppe ist weg! Hier war sie doch vorhin! Verdammte Scheiße! Jetzt sitzen wir in der Falle! «

Nochmals wankten wir durch die finsteren Räume. Wir glitten aus, fielen in den schleimigen Kohlengrus, rüttelten an Holzverschlägen und dann – fiel die Tür, die wir vor das Loch gestellt hatten, mit lautem Krachen um.

»Es kommt uns holen! Wo ist mein Hammer! Ich hau' der Bestie den Schädel ein!« brüllte ich.

»Sei doch mal ruhig!« schrie Olaf.

Stille. Kein Laut drang an unser Ohr.

»Das war nur der Windzug in diesem verdammten Loch«, flüsterte er. »Der hat die Tür umgeschmissen.«

»Nein, nein, es nähert sich uns lautlos. Keine Ratte würde sich von einem Tier fressen lassen, das sie hören kann. Vielleicht hat es uns nur wahnsinnig gemacht, und wir laufen an der Kellertreppe vorbei, ohne sie zu sehen!«

»Dann kommen wir hier nie wieder raus.«

»Bleib ganz ruhig jetzt. Wenn die Treppe da ist, werden wir sie auch finden. Wir müssen alle Räume systematisch abtasten.«

Kraftlos wankten wir in den nächsten Raum. Vor uns drehte sich ein riesiges Spinnengewebe. Wie ein Zopf hing es von der Decke herab. Es wurde kompakter und plötzlich entdeckte ich Einzelheiten in dem Gespinst.

»Siehst du es?« hauchte ich.

»Ja. Es verwandelt sich! Ich werd' verrückt ...«

Vor uns hing die Leiche einer Frau. Langsam drehte sie sich um den Strick. Dann sahen wir ihr Gesicht und hörten eine furchtbare Stimme:

»Er hat mich in den Tod getrieben ...«

Dann wurde es dunkel um mich.

Zu Beginn der Mittagspause wurden wir vermißt. Als Kollegen nach uns riefen und keine Antwort kam, stiegen sie hinab und fanden uns bewußtlos am Boden liegen. Mit Blaulicht wurden wir ins Krankenhaus gefahren.

Der Keller war inzwischen gesperrt und die Polizei wollte uns demnächst ausfragen. Olaf und ich lagen im Krankenzimmer und berieten, was wir denen sagen sollten. Alles, was wir erlebt hatten, war so unglaublich, daß wir es lieber verschweigen wollten. Doch irgend etwas *mußten* wir doch schließlich berichten!

Ich dachte an die erhängte Frau.

»Hast du dir ihr Gesicht gemerkt?«

Olaf lächelte böse.

»Es hat sich wie glühendes Eisen für immer in mein Hirn gebrannt.«

»Dann sollten wir den Kriminalisten eine Aufgabe stellen, bevor wir etwas dazu sagen.«

Am nächsten Morgen war es dann soweit.

»Na, nun erzählen Sie mal.«

»Ist so etwas wie mit uns schon einmal passiert?«

»Nein. Wie kommen Sie darauf?«

»Nun – hat sich in diesem Keller schonmal jemand erhängt?«

»Was reden Sie denn da?«

Wir wußten nicht weiter und schwiegen.

»Anscheinend haben Sie beide den gleichen Gedanken. Also, was war los?«

Wir sahen uns an und schüttelten den Kopf.

»Die Ärzte wissen nicht, was mit uns geschehen ist. Also war es etwas Außergewöhnliches.«

»Hm. Sie wollen damit andeuten, daß Sie beide dort unten etwas Seltsames erlebt haben.«

»Ja. Wir haben eine erhängte Leiche im Keller gesehen. Sogar eine Stimme haben wir gehört: ›Er hat mich in den Tod getrieben.‹ Mehr erzählen wir aber erst, wenn Sie Ihre Akten nach einem derartigen Fall durchsucht haben.«

»Also gut. Ich telefoniere mal eben kurz. Bin gleich wieder da.«

Nach einer Weile ...

»Merkwürdig, es gibt tatsächlich eine Parallele. Vor sechzig Jahren ist die damalige Besitzerin des Hauses spurlos verschwunden. Man munkelte, sie sei mit einem Liebhaber durchgebrannt; ihr lockerer Lebenswandel soll stadtbekannt gewesen sein.

Ein Kurier bringt gleich ein paar Fotos. Auf einem ist die Frau abgebildet. Ich bin gespannt, ob Sie sie erkennen – ah, wenn man vom Teufel spricht, da kommt er schon. Danke – na, was sagen Sie dazu?«

Wir betrachteten Fotos von verschiedenen Frauen, die allesamt aus den dreißiger Jahren stammen mußten. Dann zuckten wir zusammen.

»Das ist sie!«

Der Kriminalist besah das Foto. Dann wurde er nachdenklich.

Mit schmalen Augen sah er uns an.

»Das ist sie wirklich. Wir werden den ganzen Keller durchsuchen. Möglicherweise ist sie dort verscharrt. Fühlen Sie sich in der Lage, mich dorthin zu begleiten?«

Wir sahen uns an. Keine zehn Pferde ...

»Und wenn es wieder passiert?«

»Meine Kollegen sind dort schon seit zwei Tagen zu Gange, und bisher ist ihnen nichts geschehen. Bin gespannt, was sie uns zu berichten haben.«

Wir zogen uns an und fuhren im Wagen des Kommissars zur Baustelle. Mit einem unguten Gefühl betraten wir den Flur und schauten ängstlich ins Kellerloch. Der Kommissar stieg hinab.

»Moing! Na, was gibt es neues?«

»Tja, wir haben hier unten eine gasförmige Substanz namens Hexa 2.1 propyl... (den vollständigen Namen konnte ich mir nicht merken) entdeckt, die dort aus der stillgelegten Kanalisation strömt. Sie erzeugt Halluzinationen ...«

»Nein!« riefen wir gequält. »Dann haben wir also Gespenster gesehen?«

Das ernste Gesicht des Kommissars erschien im Kellerauge.

»Ganz so war es wohl nicht. Denn immerhin haben Sie die Frau richtig erkannt. Hier unten steht ein Frischluftgebläse, Sie können ohne Gefahr herunterkommen.«

Mit säuerlichem Blick stiegen wir die Treppe hinab.

»So, nun zeigen Sie uns doch mal die Stelle, an der die Frau gehangen haben soll.«

Grübelnd gingen wir durch die Räume. Dann erinnerten wir uns blaß.

»Wir sollten den Fußboden sauberfegen«, sagte der Kommissar. Bald kam unter dem glitschigen Grus das Ziegelpflaster zum Vorschein. Jeder konnte die rechteckige Fläche sehen, in der die Ziegel unfachmännisch verlegt worden waren. Schweigend begannen ein paar Leute, die Steine aufzunehmen und ein Loch zu graben.

Bereits in geringer Tiefe kam eine Knochenhand zum Vorschein.

Wir wandten uns ab. Also doch!

Der Kommissar schnippte mit dem Finger.

»Laut Akte wurde der verlassene Ehemann nach dem Verschwinden und der Toterklärung seiner Frau Eigentümer dieses Hauses. Möglicherweise hatte sie tatsächlich vor, durchzubrennen. Dann wäre aber ihr neuer Ehepartner Erbe dieses Gebäudes geworden. Dem wollte der gehörnte Ehemann wohl zuvorkommen. Er bohrte ein paar Löcher in die Wand zur Kanalisation und sperrte seine Frau hier unten ein. Im Wahn hat sie sich erhängt, worauf er sie gleich hier verscharrte. Dann hat er also von dem Gas gewußt. Wie entsteht das eigentlich?«

Der Chemiker kratzte sich am Kinn.

»Das ist ein ziemlich komplexer Prozeß. Etliche chemische Verbindungen sind dazu nötig, die in einem bestimmten Mischungsverhältnis unter bestimmten Bedingungen zusammentreffen müssen. Aber wie wir sehen, ist es nicht unmöglich. Jahrhundertelang konnten sich hier unten die unterschiedlichsten Substanzen sammeln, miteinander in Wechselwirkung treten und sich zu jenem unheilvollen Gas verbinden.«

»Und welche Wirkung hat das Zeug?«

»Es verleiht den menschlichen Sinnesorganen übernatürliche Empfindlichkeit. Damit können Sie das Gras wachsen hören und längst vergangene, unsichtbare Dinge sehen. Jedes Ereignis hinterläßt feinste Spuren. Sie schweben auch nach Jahrzehnten noch in der Luft ... wie ein Geist.«

Kopfschüttelnd verließen wir den Ort.

Sarah blickte Thomas ins Gesicht.

»Von wegen, die Spuren eines Ereignisses schweben wie ein Geist im Raume. Sie sind nicht *wie* ein Geist, sondern sie *sind* ein Geist. Sie sind um uns. Die Luft ist erfüllt von ihnen.«

»Ach, Sarah, unsere geheimnisvolle Schweigende. Und wenn sie denn etwas sagt, dann nur solche greulichen Sachen. Du wirkst mir ein wenig jenseitig, kann das sein?«

Sie lächelte kühl.

»Das furchtbarste Ungeheuer ist in uns, in unserem Kopf. Ein bißchen Gas genügt, und sein Käfig öffnet sich. Es ist weder groß noch häßlich. Es beißt nicht und es kratzt nicht. Es läßt nur ein wenig von dem verschwinden, was du normalerweise sehen würdest. Oder es fügt ein bißchen hinzu. Und dann zerrt dein gequälter Verstand an diesem Bild, weil er seine Wahrnehmung mit der Wirklichkeit in Übereinstimmung bringen will. Und da er das Bild dadurch noch mehr verzerrt, nimmt das Unsichtbare plötzlich Gestalt an, Totenschädel beginnen zu tanzen und schauerliche Stimmen erheben sich.«

Sarah verstummte düster.

Hm. Der alte Heinrich versorgte uns wieder mit Getränken. Aus der Küche holte er eine gläserne Kanne Mandeltee. Er stellte sie auf ein Stövchen. Die edle Flüssigkeit erglomm blutrot im Lichte der darunterstehenden Kerze. Dann lächelte er und stopfte wieder seine Pfeife.

Draußen stiegen die Wasser. Das unheimliche Bündel schaukelte im Busch. In der Mitte des kilometerbreiten Stromes trieb ein weiteres an uns vorüber ...

Sarah

Jens flegelte entspannt in seinem Stuhl.

»Na dann erzähl mal, was hat es auf sich mit der ›geheimnisvollen Schweigenden‹?«

Sarahs Mundwinkel zuckte leicht.

»Früher, da war ich anders. Da war ich lustig, fröhlich und wollte nie erwachsen werden. Aber dann kam ein Tag, an dem ich gleich um zehn Jahre gealtert bin.«

Wie der Ruf eines Käuzchens im nächtlichen Wald verhallte ihr letzter Satz im Raum. Sarah sah versonnen in die Kerzen. In ihren schmalen grünen Augen glaubte ich etwas gesehen zu haben. Sie sah mich kurz an und schaute dann erschrocken zur Seite. Dann lehnte sie sich nach hinten und starrte an die Decke, als überlege sie. Dann blickte sie mir ins Gesicht und ihre Augen schienen zu fragen: Was hast du eben gesehen?

In das traurige Tröpfeln des Regens hinein begann sie zu erzählen.

»Vor ein paar Jahren hatte ich mich im selben Haus eingemietet wie Alexandra und Tom. Ich wollte in aller Ruhe die Natur studieren, Elblandschaften malen, Skizzen anfertigen. Gedanken sammeln und ordnen.

Eines Tages begab ich mich mit einem Feldstecher vor das Haus auf den Deich und schaute auf das bleigraue Wasser hinaus. Die Elbe führte gerade Hochwasser und unter der trügerisch glatten Oberfläche wühlten mörderische Strudel. Ich stand da und genoß den Anblick der entfesselten Gewalten. Dunkelgraue Wolken trieben am Himmel.

Alles an diesem Tage war nach Norden unterwegs. Das Wasser, die Wolken, der Wind, der Regen, meine Gedanken und – eine kleine Katze.

Sie saß auf einem entwurzelten Baum, der in der Mitte des Flusses von einem gewaltigen Malstrom gepackt und im Kreis getrieben wurde. Ich sah ihr gesträubtes Fell, ihre aufgerissenen Augen und mir war sogar, als könne ich ihr furchtsames Miauen hören.

Unten am Deich schaukelte ein alter Holzkahn. Er war wohl von meinen Vormietern an Land gezogen worden, doch der Strom war ihm unter den Kiel gekrochen – so, als wolle er es holen. In der Garage hatte ich einen Motor gesehen.

Ich schleppte ihn an Bord, warf ihn an und löste die Leinen. Langsam schob ich mich an den Strudel heran. Der packte das Boot mit eisernem Griff und zwang es im Kreis herum. Der Sog schien auch von unten zu kommen, denn der Kahn lag auf einmal merkwürdig tief.

Dann war ich neben dem Stamm.

›Spring!‹ lockte ich. Doch die Katze klammerte sich an ihr Gefährt. Sie war ganz schwarz und auf der Brust hatte sie einen weißen Fleck, der wie der Buchstabe T aussah.

Ich band das Boot an den Baum, sodaß ich die Katze mit beiden Händen erreichen konnte. Langsam aber unaufhaltsam drehten wir uns im Kreis. Mit viel Zureden löste ich jedes ihrer festgekrallten Pfötchen einzeln vom Stamm. Dann verkroch sie sich in meinem weiten Mantel und klammerte sich mit ihren scharfen Krallen an mich. Wenig später lugte ihr Köpfchen heraus.

Ich lenkte das Boot wieder zum Ufer. Vor mir im Wasser stand eine Baumreihe, die direkt vor dem Deich endete. Ihre kahlen Äste berührten einander.

Dann plötzlich geschah etwas ...«

Sarah fröstelte. In ihren Augen flackerte Entsetzen.

»Links und rechts neben dem Boot tauchten mehrere Hände aus dem Wasser. Die verwesten Klauen schlugen laut krachend auf den Rand des Bootes und zogen den Bug mit einer Kraft unter Wasser, als stünde auf dem Grunde des Flusses eine riesige Seilwinde. Das Boot verschwand unter mir, ich stürzte ins Wasser und ging unter. Als ich die Augen öffnete, trieben um mich herum einige – Wasserleichen. Sie griffen nach mir und wollten mich noch weiter in die Tiefe reißen. Die Angst schnürte mir die Kehle zu, sonst hätte ich wahrscheinlich geatmet und wäre ertrunken. In meinem Mantel zappelte die Katze.

Dann tat sich etwas eigenartiges. Einige der vermoderten Geschöpfe schienen *gegeneinander* zu kämpfen. Die furchtbaren Hände ließen mich los und ich wurde vom Strom fortgerissen. Die Katze! durchblitzte es mich. Sie weiß doch nicht, daß sie die Luft anhalten muß! Sie ertrinkt!

Nein. Es durfte nicht alles umsonst gewesen sein. Schnell riß ich die Katze aus meinem Mantel und preßte ihr Köpfchen gegen meinen geöffneten Mund. Ich spürte ihren stoßweisen Atem und wie sie sich entspannte. Dann trieben wir gegen etwas Hartes. Instinktiv richtete ich mich auf. Bis zum Hals stand ich im Wasser, die Katze in der einen Hand und den herabhängenden Ast eines Baumes in der anderen.

Ich weiß nicht mehr, wie ich das geschafft habe, aber irgendwann saß ich mit dem Kätzchen im Arm in der hohen Krone des Baumes.

Schaudernd sah ich herab. Unter uns wälzten sich die toten Wasser grau und bösartig dahin. Dann erkannte ich, daß ich auf dem äußersten Baum der erwähnten Baumreihe saß. Das Ufer war also noch weit.

Die Katze wurde ungeduldig. Sie wollte – genau wie ich – hier weg. Aber wie? Nichts auf der Welt hätte mich dazu bewegen können, wieder ins Wasser zurückzusteigen und zu schwimmen. Doch die Katze kletterte am Stamm herab und ihre Augen sagten: ›Komm!‹

›Nein!‹ schrie ich. ›Ich will nicht – ich kann nicht ...‹

Sie kam wieder zu mir heraufgestiegen und verkroch sich zutraulich in meiner Jacke. Dann schien sie so etwas wie eine Idee zu haben. Sie sprang auf und lief auf den sich berührenden Ästen zum nächsten Baum. ›Komm!‹

›Es geht nicht, ich bin zu schwer, und ich traue mich nicht. Lauf wenigstens du ans Ufer! Hole jemanden herbei!‹

Doch die Katze kam zurück. Frierend preßte ich sie an mich. Langsam wurde es dunkel. Tage und Nächte würde ich hier sitzen und irgendwann ...

Ich nahm das Köpfchen der Katze zwischen meine Hände und sah in ihre rätselhaften Augen. Sie schien ruhig und zuversichtlich. Ihre winzige Zunge leckte meinen Hals. Nein, helfen konnte sie mir nicht. Aber ohne sie wäre ich nicht hier, sondern hätte mich willenlos von den Ungeheuern ersäufen lassen. Ohne sie hätte ich mich längst vom Baum gestürzt; darauf hoffend, tot zu sein, bevor wieder jene schrecklichen Hände nach mir griffen. Mit dem Gürtel meines Mantels verzurrte ich mich fest im Geäst des Baumes und fiel vor Erschöpfung in einen tiefen Schlaf.

In dieser Nacht hatte ich einen eigenartigen Traum. Ich verwandelte mich in eine Katze und gemeinsam sprangen wir von Baum zu Baum ans rettende Ufer, schlichen durch irgendein Loch ins Haus und verkrochen uns unter der Bettdecke.

Als ich morgens erwachte, lag ich nackt mit der Katze im Arm in meinem Bett.«

Wir starrten Sarah ungläubig an. Doch sie fuhr fort.

»Ich rannte hinaus auf den Deich. Am letzten Baum flatterte mein Mantel im Wind.«

»Dann hast du also nicht nur geträumt, daß dich der Odem der kleinen Miez in eine Katze verwandelt hat, sondern ...«

Sie nickte. Dann ergriff sie den Kerzenhalter und hielt sich das Licht vors Gesicht. Und nun konnte es jeder sehen:

Ihre Pupillen verengten sich – wie vorher bei Heinrichs Katze – zu zwei schwarzen senkrechten Strichen. Das Grün ihrer Augen leuchtete gespenstisch.

»Sarah ist ein Geist!« flüsterte Thomas.

Sarah lachte erleichtert.

»Huhuuuh!« machte sie. Thomas grinste unsicher.

Sie hatte die Kerzen auf den Tisch gestellt und inzwischen wieder runde Pupillen. Ohne ein Wort setzte Sarah Heinrichs Kater Tom auf den Tisch. Nun erst erkannten wir, daß sein weißes Lätzchen die Form eines T hatte.

Noch ein Tom, dachte ich. Noch ein Gespenst.

Da klingelte das Telefon.

Nachtwanderung

Heinrich drückte die Freisprechtaste.

»Ja, Gasthaus am Deich.«

Bis an den Tisch konnte ich Alexandras Stimme hören.

»Tom!«

Ich sprang auf.

»Alex! Ist was passiert?«

»Habt ihr mal aus dem Fenster geschaut? Bei uns hier läuft das Wasser schon über den Deich!«

Die anderen liefen zum Fenster.

»Tatsächlich. Hier nippt es auch schon ein wenig. Verdammt!«

Sarah erstarrte.

»Was liegt denn da für ein Bündel auf dem Deich? Das sieht ja aus wie eine –!«

Sie wankte zurück in den Raum.

»Sie sind wieder da! Sie wollen mich holen!«

»Um Gottes willen!« rief ich voll böser Ahnung. »Alex! Hör mir gut zu: Verlaßt auf keinen Fall das Haus! Verriegelt alle Türen und Fenster! Hörst du! Auf keinen Fall nach draußen gehen!«

»Aber Tom, was hast du denn? So rede doch!«

»Heinrich, sag du es ihr.«

Mit aschfahlem Gesicht beugte er sich über den Apparat.

»Ich wußte, daß heute keine gute Nacht ist. Alexandra, ich erlebe es heute schon zum vierten Mal: In gewissen Hochwassernächten treiben auf dem Strom die Ertrunkenen – keiner weiß woher und wohin. Vor unserer Haustür liegt schon einer. Möglich, daß auch bei euch jemand angeschwemmt wird.«

Alexandras Stimme klang hohl.

»Ja, und?«

»Wenn sie Leben in ihrer Nähe spüren, dann erwachen sie!«

»Heinrich, was erzählst du da!«

»Du mußt es mir glauben! Ich habe solche Nächte schon erlebt! Bleibt im Haus! Habt ihr ein Kruzifix?«

»N-nein!«

Heinrich wankte.

»Um Gottes willen ...«

»Wir tun alles, was du gesagt hast. Und was dann?«

»Wir kommen hin!«

Heinrich drückte die Austaste.

»Schnell! Tom, Jens, zieht euch an! Susi, Sarah, Thomas und du, Katerchen – ihr bleibt hier bei Frieda. Aber sagt nichts, sie hat ein schwaches Herz. Wartet ...«

Er lief ins Hinterzimmer.

»Hier habe ich zwei Kruzifixe, die unser Herr Pfarrer geweiht hat. Mit ihnen werden wir den Untoten entgegentreten. Ich lasse euch eines hier. Aber nun los!«

Mit der Petroleumlampe liefen wir hinaus. Voller Grauen blieben wir vor der vermoderten Wasserleiche stehen. Noch rührte sie sich nicht. Noch nicht ...

»Weiter! Weiter! Wir haben nicht mehr viel Zeit! Die Wiedergänger können schon an eurem Haus sein!«

Der Deichweg war an tieferen Stellen schon vom Wasser überspült. Doch noch konnten wir uns einigermaßen fortbewegen. Heinrich keuchte.

»Immer wenn die Elbe ihre Ufer überschreitet, wittern die Ertrunkenen ihre Chance. Nur ein geweihtes Kreuz kann sie wieder in den Strom zurückwerfen. Und in eurem Haus existiert keins!«

Ich rannte wie von Sinnen.

»Und was passiert, wenn wir nicht rechtzeitig kommen?«

Jens schrie mich an: »Male jetzt nicht den Teufel an die Wand! Wir sind doch gleich da! Da – da seh' ich doch schon Licht!«

Wir rannten noch ein Stück und blieben dann ruckartig stehen.

»Das kann nicht sein! Heinrich, das ist dein Gasthaus! Wir sind im Kreis ...«

»Der Schwarze Schäfer! Dies war seine letzte Irreführung, bevor er ... Oh weh, wir kommen zu spät.«

»Wir müssen den Weg nochmal laufen. Heinrich, stehst du das auch durch?«

Der straffte sich.

»Ha! Ich mache noch jeden Tag am offenen Fenster meinen Frühsport.«

Wieder liefen wir am Gasthaus vorbei. Die Leiche war vom Deich verschwunden ...

Meine Nerven drohten wie überhitzte Drähte durchzuschmelzen. Ich steh' das nicht durch, es sind noch über tausend Meter. Ich sah in Heinrichs und Jens' verbissene Gesichter. Dieser verdammte Schwarze Schäfer! Mußte er denn noch einmal ... Meine Lunge brannte, meine Beine wühlten sich wie taube Stelzen mechanisch durch den Schlamm. Da! Licht! Hoffentlich ...

Dann standen wir vor dem Haus. Ich rüttelte an der Tür. Abgeschlossen. Mit fliegenden Händen kramte ich das Schlüsselbund aus der Hosentasche. Aber der Schlüssel wollte nicht ins Schloß.

»Verdammt, Alex' Schlüssel steckt von innen. Wir müssen durchs Fenster!«

Mit bloßen Händen schlug Jens die Scheibe ein. Er stieg hinein.

»Heinrich!« rief ich. »Ich helf' dir rein!«

Der atmete schwer.

»Nein, geht nur. Zum Fensterln bin ich nun doch schon ein wenig zu alt. Ich werde hier draußen Wache halten – nun geht schon, ich mache das doch nicht zum ersten Mal!«

Wir rannten ins Schlafzimmer. Leer. Auch alle anderen Zimmer waren leer.

»Da! Auf der Bodentreppe brennt Licht. Sie sind nach oben ...«

Augenblicklich stürmten wir die Stiege hinauf. Aber auch auf dem Boden war niemand. Doch da raschelte es in der Ecke, und gleich darauf kam uns ein Gegenstand entgegengeflogen. Geistesgegenwärtig bückten wir uns. Ich griff nach dem Wurfgeschoß.

»Eine Bibel! Wer schmeißt denn ... Alexandra!«

Schreiend kamen die beiden Frauen hinter einer Truhe hervorgesprungen und fielen uns um den Hals.

»Wir dachten, ihr seid zwei Wasserleichen – so voller Schlamm.«

»Los, kommt runter, wir ...«

Meine Stimme versagte.

An der Bodentreppe stand eine halbverweste Kreatur.

Langsam wankte sie auf uns zu. Jens krallte sich an meinen Arm.

»Heinrich hat das Kruzifix! Wir sind verloren!«

Ich riß den Deckel einer Truhe hoch. Vielleicht lag ja eines darin. Doch ich fand etwas ganz anderes.

Mein Alptraum aus der Kinderzeit ging in Erfüllung.

Vor unseren Augen erhob sich aus der Truhe ein vermodertes Gerippe. Seine leeren Augenhöhlen stierten mir direkt ins Gesicht.

Schreiend warfen wir uns in eine Ecke. Doch was wir von dort beobachteten ...

Das Gerippe packte den Untoten. Patschend schlugen seine Knochenhände auf ihn ein. Er gab einen Schrei von sich, den ich bis ans Lebensende in meinen Träumen hören werde. Das Skelett zog die Wasserleiche zur alten Räucherkammer. Miteinander ringend, brachen sie laut krachend durch die morsche Tür. Aus der rußgeschwärzten Kammer erscholl ein ohrenbetäubendes Geheul, das durch den Schornstein entwich.

Dann herrschte Stille.

Wir wankten zur Räucherkammer. Ich hielt die Lampe hinein und wandte den Kopf.

»Ich guck da nicht rein! Für kein Geld der Welt guck ich da rein!«

Jens sah ängstlich in das Feuerloch.

»Sie sind zur Hölle gefahren«, flüsterte er furchtsam.

Unsere erloschenen Augen bekamen neuen Glanz.

»Heinrich! Er steht doch ganz allein da unten!«

Wir polterten die Treppe hinunter, durchs Wohnzimmer, durch den Flur, vor die Tür.

Dort stand Heinrich. Der Sturm umtobte ihn. In der ausgestreckten Hand hielt er das Kreuz in die Finsternis. Mein Gott, er konnte doch gar nichts sehen!

Mit der Lampe in der Hand lief ich zu ihm. Ich sah einen grausigen Schatten.

»Heinrich! Hinter dir!«

Er schoß herum und brüllte mit einer Stimme, die aus dem Jenseits zu kommen schien:

»Herr! Laß dein Zeichen die Geschöpfe des Teufels zerschmettern! Satanas! Nimm hin die Asche deiner Kreatur!«

Der Untote begann von innen zu leuchten. Glutroter Schein drang aus seinen Augenhöhlen. Dann schossen Flammen an ihm empor. Und dann wieder dieser Schrei! Ich ließ die Lampe fallen und schlug mir die Hände an die Ohren. Doch dann war es vorbei. Benommen fiel ich Alexandra um den Hals. Nur weg hier!

»Zurück zum Gasthaus!« kommandierte Heinrich mit gottesfester Stimme. Mit seinem dicken Schnurrbart sah er aus wie ein preußischer Feldwebel.

Und wieder liefen wir los, Heinrich vorneweg. Immerfort brüllte der Sturm durch die Finsternis, und der Regen schien uns vom Deich spülen zu wollen. Nach unendlichen Minuten waren wir am Ziel.

Doch im Gasthaus brannte kein Licht.

Heinrich umklammerte das Kruzifix fester. Entschlossen sahen wir uns an. Jede Faser meines Körpers war gespannt, als wir ums Haus schlichen. Eine Fensterscheibe war eingeschlagen.

»Dammich!« fluchte Heinrich. Dann schauten wir hinein.

Bei Kerzenschein war Frieda gerade dabei, ein Häufchen Asche wegzufegen. Die anderen saßen am Tisch und tranken Tee. Dann stürzten wir in den Gastraum.

»Was ist los? Wieso brennt hier kein Licht?«

»Stromausfall«, rief Sarah. »Also das hättet ihr erleben sollen! Wie die Bremer Stadtmusikanten! Der Kater hat miaut, Susi und ich haben hysterisch gekreischt, Thomas hat mit dem Kreuz rumgefuchtelt und aus der Küche kam Frieda mit einem Schrubber angekeift und hat das Gespenst verprügelt. Da fluppte es auf und ward zu Asche.«

Heinrich war etwas blaß am rechten Nasenflügel.

»Frieda! Du sollst doch an dein Herz denken!«

»Ach, Heinrich, ich dachte doch zuerst, es sei Lumpen-Willi, der olle Suffkopp, der sich mal wieder die Füße nicht abgetreten hat. Huch, hab ich mich vielleicht erschrocken, als ich sah, daß ... – Und du? Hast mal wieder zuviel in deinen ollen Büchern geschmökert und dabei die Zaubersprüche vor dich hingemurmelt? Dann ist es ja auch kein Wunder, wenn hier solche komischen Vogelscheuchen angelaufen kommen.«

Wir brüllten vor Vergnügen.

Heinrich geleitete seine Frieda zum Tisch.

»Ach Frau, ich bin ja so stolz auf dich. Und auf den Sieg gibt's jetzt einen echten Cognac!«

Beinahe enttäuscht schlich die Elbe langsam in ihr Bett zurück.

Pause

Alexandra fröstelte und ihre Augen bekamen wieder einen fiebrigen Glanz. Frieda brachte ihr zwei dicke Schafwolldecken, in die sie sich neben dem Ofen einrollte, sodaß nur noch der Kopf herausschaute.

»Vor Angst hat mein Körper vergessen, daß er krank ist. Nun ist es ihm wieder eingefallen«, sagte sie traurig. »Aber hier geht es mir gut. In unser Haus setze ich sowieso keinen Fuß mehr.«

Abermals wurden die Gläser gefüllt und der alte Ofen wieder zum Bullern gebracht. Über den weiten Wiesen ging leiser Regen nieder.

Ich betrachtete geistesabwesend meinen Zeigefinger.

»Sag mal, Jens, nun haben wir heute schon die döllsten Geschichten gehört und erlebt. Wollen wir unser großes Abenteuer nicht endlich auch mal erzählen? Was meinst du, Alex?«

Ich beugte mich über sie.

»Sie schläft. Meine kleine Alexandra ist nämlich ganz doll krank.«

Jens leckte sich seinen letzten Cognac von den Lippen.

»Ja, das sollten wir tun.«

»Willst du?«

»Nö, mach du mal, ich höre die Geschichte so gern, hehe.«

Ich schnupperte am Tee und goß noch etwas Rum hinzu. Andächtig lauschte ich in den Regen ...

Gold!

»Tom!« schrillte es aus dem Hörer.

Ich wälzte mich Bett. Draußen wurde es gerade hell.

»Aua! Schrei doch nicht so! Wer ist denn da überhaupt?«

»Jens.«

»Sag mal, weißt du eigentlich, wie spät es ist?«

»Jaja. Du kannst dich ja nachher nochmal hinhauen. Jetzt mach dich aber erstmal ins Auto und komm her!«

»Würdest du mir bitte mal erklären, was los ist?«

»Setz dich vorher aber hin.«

»Ich liege im Bett!« stöhnte ich verzweifelt.

»Um so besser.« Jens machte eine Pause. Dann flüsterte er: »Wir sind reich!«

»Was?«

»Ich hab's gefunden!«

»Du willst sagen, du weißt, wo der Wendenschatz liegt?«

»Naja, zunächst habe ich herausbekommen, wo er *nicht* liegt ...«

»Und um mir das zu sagen ...«

»Laß mich doch mal ausreden! An der Stelle, die wir im Auge hatten, haben vor uns bestimmt schon andere gebuddelt. Möglicherweise liegt dort also gar nichts mehr.«

»Du wiederholst dich.«

Jens holte tief Luft.

»Ja! Aber ich bin mir sicher, daß alle am falschen Ort gesucht haben. Daraus folgt, daß sie nichts gefunden haben *können*. Also muß das Gold noch da sein.«

»Aber du hast selbstverständlich keinen blassen Schimmer, wo es denn nun tatsächlich liegt.«

»Nein. Aber das, mein lieber Tom, bekommen wir heraus. Ich habe nämlich schon eine Idee. Aber das kann ich dir jetzt beim besten Willen nicht alles am Telefon erzählen. Also was ist? Kommst du nun oder nicht?«

»Also gut. Kann Alexandra mitkommen?«

»Ist sie denn wach?«

»Frag doch nicht so scheinheilig. Sie sitzt neben mir im Bett und rollt mit den Augen.«

»Worauf wartet ihr dann noch?«

»Okay okay. Dann sieh schonmal zu, daß du Kaffeewasser in Gang bekommst.«

Ich warf den Hörer in die Gabel.

»Mein Gott, ist das aufregend.«

Alexandra stand am Fenster und lugte durch die Gardinen.

»Draußen regnet's. Das ist ein böses Omen. Bei dem aufgeweichten Boden kann doch kein Mensch graben.«

»Das fängt ja gut an. Kannst du das Vaterunser inzwischen rückwärts aufsagen, damit wir den Schwarzen Hund besänftigen, der die Stelle bewacht?«

Sie zog einen Flunsch.

»Ja. Doch sag mal ehrlich, glaubst du etwa diesen Quatsch?«

»So steht es geschrieben.«

»Ich glaube ja, daß die Sage von der Heideneiche wahr ist, sonst würde ich ja nicht mitmachen. Aber dieser blöde Köter ist doch nur eine Erfindung, um das gemeine Volk zu vergraulen.«

Doch ich bemerkte, daß Alexandra eine leichte Gänsehaut bekommen hatte ...

»So, haste dich warm antreckt?«

»Jou.«

Wir verließen das Haus und fuhren los. Alex kramte in der Jackentasche und zog ihre Brieftasche hervor.

»Halte doch mal beim Bäcker. Wie ich Jens, den verlotterten Junggesellen, kenne, hat er bestimmt nur noch Krümel im Brotfach.«

Ich mußte grinsen. Wie bekannt mir das doch vorkam. Vor nicht allzu langer Zeit – naja, vorbei. Alexandra lief derweil in

den Bäckerladen. Erfindung, hatte sie gesagt. Und wenn nun ...
Ich ahnte allmählich, welcher Gedanke Jens gekommen war.

Die Beifahrertür ging auf und zwei dicke Plastetüten schoben sich herein.

»Wohin willst du denn damit? Das reicht ja für eine ganze Räuberhorde.«

»Jo. Das ist Ablenkfütterung, damit ihr beiden Piranhas mir nicht mein Joghürtchen wegfreßt. – Apropos: Welche siebenköpfige Raupe ist eigentlich über meinen letzten Großraumbecher hergefallen?«

»Das war ich, hehe. Ich hab auf das Verfallsdatum gesehen und dachte: mein Gott, jetzt aber schnell, das muß ja weg, das darf man doch nicht umkommen lassen.«

»Und da hast du dich selbstverständlich geopfert.«

»Ja klar, bevor damit noch jemand zu Schaden kommt.«

»Aha. Nun nimm mal allmählich den Fuß vom Gas, sonst sind wir in Pritzwalk.«

Ich parkte den Wagen vor Jens' Häuschen. Alex sah sich um.

»Ich glaube, hier ist Parkverbot. Hol dir bloß kein Knöllchen.«

Jens hatte uns bemerkt und stand schon in der Tür. Mit großen Augen betrachtete er die beiden Einkaufsbeutel.

»Manchmal, Tom, aber nur manchmal, beneide ich dich. Mm ... Bussi für Alex. So, kommt rein.«

Alexandra machte sich in der Küche zu schaffen und begann alsbald aufzutafeln. Wir überlegten, ob wir mithelfen sollten, verwarfen den Gedanken aber wieder ...

Jens zersägte ein Brötchen.

»So, ihr zwei, dann hört mal, was ich mir ausgedacht habe. Ich habe mir die Sage von der Heideneiche im Schloßpark von Gadow wieder und wieder durch den Kopf gehen lassen. Das einzige, woran ich glaube, ist der Baum. Den Schwarzen Hund und den ganzen anderen Hokuspokus können wir wohl vergessen, denke ich.«

»Sag ich doch!« rief Alexandra zufrieden.

»Bliebe noch der Baum. Doch auch der ist mir mittlerweile suspekt. Ich frage mich nämlich, warum jemand, der einen Schatz vergräbt, das Versteck hinterher in alle Welt hinausposaunt.«

Meine Vermutung war also richtig.

»Du denkst also, daß die ganze Geschichte von vorn bis hinten erfunden ist? Allerdings gibt es von diesem mysteriösen Ereignis eine Überlieferung. Die Frage ist jedoch: spricht sie für oder gegen die Existenz des Slawenschatzes? Ich neige ja fast zu letzterem. Der Chronist Widukind von Corvey schrieb, daß nach der Schlacht bei Lenzen am 4. September 929 alle slawischen Krieger niedergemetzelt wurden. Ziemlich unwahrscheinlich, daß einer von ihnen vorher mal eben den Schatz vergraben, eine Eiche gepflanzt und eine Sage dazu gedichtet hat.«

Jens unterbrach mich.

»Allerdings schreibt Widukind auch, daß den in der Lenzener Burg Belagerten das Leben geschenkt werden sollte, wenn sie sich ergeben. Dem Bericht zufolge ist das auch geschehen.«

»Das schon, aber überlege doch mal: Diese Leute sind unmittelbar nach der Kapitulation in Gefangenschaft geraten. Auch sie können den Schatz also nicht vergraben haben.«

Jens zog ein resigniertes Gesicht.

»Stimmt. Es gibt außerdem noch eine ganz andere Möglichkeit: Widukind berichtet weiter, daß den Deutschen nach der Einnahme der Burg ein riesiger Goldschatz in die Hände fiel. Es könnte doch sein, daß das genau das Gold war, nach dem wir suchen, daß es also nie vergraben wurde, sondern schon seit tausend Jahren über alle Berge ist.«

Alexandra sah sich um.

»Na, das fehlte noch. – Hast du ein Lexikon? Ja, ich seh schon. Wollen wir doch mal gucken. Aha, hier steht es: Widukind von Corvey, Mönch, Geschichtsschreiber, geboren um 925. Na, was sagt euch das?«

»Ha! Daß der Mann erst vier Jahre alt war, als die Schlacht bei Lenzen stattfand. Folglich kann er kein Augenzeuge gewesen sein.«

Alex hob eine Augenbraue.

»Sehr schön. Und von wem wohl hat er sich die Geschichte später erzählen lassen? Von den Deutschen. Denn von den slawischen Kriegern, die im Felde kämpften, hatte ja keiner überlebt. Widukind kannte also nur die halbe Wahrheit. Was sich in den Tagen und Wochen vor der Schlacht auf slawischer Seite abgespielt hat, davon kann er nicht viel gewußt haben. Er liefert sogar selbst einen versteckten Hinweis darauf, daß die Slawen sehr wohl genügend Zeit gehabt hätten, vor der Schlacht etwas von dem Golde abzuzweigen und zu vergraben.«

»Aha, und der lautet wie?«

»Es heißt dort, daß waffenfähige Männer aus dem gesamten Slawenreich herbeiströmten. Das Slawenreich endete nun aber nicht schon bei Kyritz an der Knatter, sondern hunderte Kilometer weiter östlich an der Oder. Viele Soldaten hätten bereits mehrere Tage vor der Schlacht aufgebrechen müssen, um rechtzeitig in Lenzen anzukommen – mehr noch: die Boten, die ihnen den Aufruf zum Kampf überbracht haben, müssen selbst einige Tage unterwegs gewesen sein. Es war also bereits lange vor der Schlacht bekannt, daß sie stattfinden würde, und deshalb hätte die Slawen in aller Ruhe einen Teil ihrer Schätze in Sicherheit bringen können.«

Ich goß mir Kaffee nach.

»Das leuchtet ein. Andererseits macht der hohe Goldgehalt der Luft durchaus Sinn: Die herbeimarschierenden Soldaten müssen verpflegt und entlohnt werden, außerdem wird man aus Sicherheitsgründen die Schätze umliegender Tempel in der Lenzener Burg zusammengetragen haben. Doch da die Slawen nicht mit einer so verheerenden Niederlage rechnen konnten, werden sie sich beim Beiseiteschaffen des Goldes nicht gerade einen

70

Bruch gehoben haben.«

Jens kaute auf seiner Unterlippe.

»Das sehe ich genauso. Es wäre zum Beispiel viel einfacher gewesen, das Gold aus den Tempeln an Ort und Stelle im Wald zu verscharren.«

Alexandra leckte sich Eigelb vom Finger.

»Dann sind wir uns also einig, daß die Deutschen nicht das gesamte Slawengold weggeschleppt haben können. Es muß also noch etwas davon herumliegen. Aber wo? *Doch* unter der Heideneiche? Ich kann mir nicht helfen, aber das klingt mir irgendwie zu billig. Ich vermute eher, daß die ganze Sage eine Art Gleichnis ist.«

Ich drehte mein Messer versonnen in der Butter.

»Dann muß die Lösung irgendwie in der Sage verschlüsselt sein. Aber vielleicht enthält sie auch nur einen Übersetzungsfehler oder das Wort ›Eiche‹ hat in der slawischen Sprache noch eine zweite Bedeutung.«

Jens knetete seine Hände.

»Möglich. Übersetzen wir das Wort ›Eiche‹ doch einfach mal so, daß es für unseren speziellen Fall einen Sinn ergibt: Markierungspunkt. Das ist nämlich ihr eigentlicher Zweck, und nur um den geht es. Mir fällt spontan keine dauerhaftere Markierung ein als eine Eiche. Ein Teich kann verlanden, ein Fluß sein Bett verlegen, ein Brunnen verschütten und ein Stein versinkt irgendwann im Staub der Jahrhunderte – eine Eiche jedoch wächst tausend Jahre mit dem Vergessen um die Wette. Nun gibt es im Gadower Park aber mehrere Eichen. Woran erkennen wir nun die, unter der das verdammte Gold liegt?«

Die Butter ähnelte inzwischen einem slawischen Burgwall.

»An ihrem Alter.«

»Ha!« rief Jens. »Das soll unser Problem nicht sein! Wenn wir alles aufgegessen haben, machen wir einen Ausflug nach Gadow.«

Nach dem Frühstück holte Jens einen Schwingschleifer aus dem Keller und wir verließen das Haus. Hinter dem Scheibenwischer meines Wagens klemmte ein Zettel.

»Habe ich es dir nicht gesagt?« nörgelte Alexandra.

Mißmutig entfaltete ich das Papier.

»Das ist kein Strafzettel.«

Augenblicklich beugten sich die beiden anderen über den Zettel. In altertümlicher Handschrift stand dort:

›Hütet euch, sonst ist es um euch geschehen!‹

Nun waren auch Alex und Jens blaß geworden.

»Laßt uns erstmal hier abhauen. Im Auto können wir alles weitere besprechen.«

Mit quietschenden Reifen raste ich davon. Als wir die Stadt verlassen hatten, entspannten wir uns ein wenig.

Jens räusperte sich.

»Es muß uns jemand zugehört haben. Nicht daß im Schloßpark schon wer mit einem Messer hinterm Baum auf uns wartet. Da ist noch jemand hinter dem Golde her. Und wie es aussieht, schreckt der vor nichts zurück.«

Alexandra schüttelte langsam den Kopf.

»Ich habe da so ein Gefühl – logisch erklären kann ich's aber nicht. Ich halte das Papier nicht für eine Drohung, sondern für eine Warnung. Wenn da stehen würde: ›Hütet euch, sonst bringen wir euch um‹, dann wäre der Fall klar. Aber dieses ›sonst ist es um euch geschehen‹ klingt eher wie eine Schicksalsdeutung: Es wird von selbst geschehen, und niemand kann es aufhalten.«

»Mir reicht's jetzt«, rief ich wütend. »Wir holen uns die Klunker und machen uns damit einen Bunten, basta! Dieses ganze Gesockse – Schwarze Hunde, Gespenster und was weiß ich noch alles – pah! Hirngespinste!«

»So?« fauchte Alex. »Hirngespinste? Und der Zettel? Den rahme ich dir ein und hänge ihn dir übers Bett! Damit kannst du dir sogar den Arsch abwischen!«

»Das werde ich auch machen!« blaffte ich zurück.

Jens rollte mit den Augen.

»Nun beruhigt euch mal wieder. Ich glaube, ihr habt beide Recht. Natürlich ist das ein heißes Eisen, das wir da anfassen. Aber das wissen wir, das braucht uns niemand mehr hinter den Scheibenwischer zu klemmen. Ich habe ebenfalls keine Lust, mir von diesem Wisch Angst machen zu lassen. Ich rede mir jetzt mal gut zu und sage mir, daß das ein Dummerjungenstreich war. Und wenn dieser dumme Junge ein großer schwarzer Mann mit einer Keule ist, dann wird uns doch wohl was einfallen, oder was?«

Alexandras Gesicht hellte sich ein wenig auf.

»Ich kann das Vaterunser. Das bete ich dann.«

»Aber vorwärts, sonst versteht der dich nicht.«

»Hehe, ich stelle mir gerade vor, wie sich das Gespenst am Kopf kratzt und sich fragt: Was meint die Olle denn?«

»He!« rief Alex und stieß mir den Ellenbogen in die Seite.

Wir kicherten vor Vergnügen.

»Wir werden uns doch wohl so nahe am Ziel keinen Punkt ins Hemd machen.«

Bald waren wir in Gadow angelangt. Ich fuhr den Wagen rückwärts in den Wald, dann stiegen wir aus und gingen durch den Park. Eisiger Wind fegte zwischen den Bäumen hervor. Jens hatte einen Touristenführer aufgeklappt und geleitete uns zum Stumpf der alten Heideneiche.

»Das war sie. Angeblich. So steht es in diesem Reiseführer. Aber das werden wir ja gleich sehen.«

Jens zog seinen Akku-Schleifer aus der Tüte und begann, die Schnittfläche der Heideneiche zu glätten. Nach einer Weile hatte er einen polierten Streifen vom Rand bis zur Mitte des Stumpfes hergestellt. Wir knieten uns nieder und begannen, die Jahresringe zu zählen.

Ungefähr bei 950 war Schluß. Jens rieb sich zufrieden die Hände.

»Habe ich es nicht gesagt? Im Jahre 929 wurde die Eichel auf den vergrabenen Schatz gelegt. Ziemlich genau tausend Jahre später hat der Blitz in den Baum eingeschlagen, worauf er abstarb. Diese Eiche ist folglich fünfzig Jahre zu jung, sie kann es also nicht sein.«

Frierend standen wir um den Stumpf herum, die Hände tief in den Manteltaschen vergraben.

»Na gut, dann brauchen wir uns ja hier nicht weiter aufzuhalten. Doch wie nun weiter?«

Alex klapperte mit den Zähnen.

»Wollen wir nicht in den Eiskeller gehen und einen Kaffee trinken? Mir ist sowas von kalt.«

»Hast du irgendwas?«

»Nein.«

Aber die Idee war gut. Nachdem wir eingekehrt waren, wurde uns wieder etwas wärmer. Wir saßen an einem kleinen Ecktisch, labten uns an heißem Apfelstrudel und unterhielten uns leise.

»Wie finden wir bloß diese verdammte Heideneiche?«

»Wir bräuchten ein preußisches Meßtischblatt. Die wurden ja auch für militärische Zwecke angefertigt, deswegen hat man als Orientierungshilfe für die Artillerie auch alle markanten Objekte wie Windmühlen, Wassertürme und eben auch hohe Bäume eingezeichnet.«

»Wenn sie einzeln standen. Das aber trifft auf die Heideneiche nicht zu.«

Plötzlich zuckte Alexandra zusammen.

»Was hast du?« rief ich besorgt.

Sie schluckte.

»Es war nichts ... Ich bin nur ein wenig überreizt.«

Ihre Augen flackerten. Sie winkte ab.

»Erzählt weiter.«

»Also müßten wir uns die ältesten Karten besorgen, die wir kriegen können. Die sind zwar nicht so genau wie die Meßtischblätter, dafür aber mit Liebe zum Detail gemacht. Auch sagenumwobene Orte wurden sorgsam eingezeichnet und beschriftet.«

Jens kramte ein paar Münzen aus seiner Brieftasche.

»Dann fahren wir jetzt zu meinem Opa. Opa hat alte Karten.«

Jens' Großvater besaß in der Tat zahlreiche Landkarten, von denen er einige bei Kriegsende vom Perleberger Flugplatz hat mitgehen lassen, auf dem er stationiert war. Sogar ein paar Luftaufnahmen von Aufklärungsflügen fanden wir.

»Tja tja, die Heideneiche ... piff-paff-puff«, murmelte Opa etwas wunderlich. Vorsichtig entfaltete er ein uraltes Pergament.

»Dieser Plan stammt aus dem Jahre 1576. Seht, hier ist sie eingezeichnet.«

Tatsächlich. Nur ...

»Das ist ja genau der Baum, an dem wir vorhin die Jahresringe gezählt haben. Dann kannte also schon vor über vierhundert Jahren niemand mehr den richtigen Ort.«

»Hier habe ich noch einen Plan von 1912, eine Art botanische Bestandsaufnahme des Parkes. In dem ist jeder einzelne Baum eingezeichnet.«

Doch es blieb dabei: Wir fanden keinen Baum, der die wahre Heideneiche gewesen sein könnte. Alexandra legte ihren Finger auf die Stelle, an der der heutige Eiskeller eingezeichnet war.

»Was ist denn das da?«

Jens' Opa beugte sich über den Plan und überlegte.

»Piff-paff-puff ... das war früher der Weinkeller vom ollen Möllendorf.«

Alexandras Hand begann zu zittern.

»Also doch.«

»Was also doch?«

»Das erzähle ich euch später.«

Jens schüttelte den Kopf.

»Dein Weib hat heute ihren Mystischen. – Gut, ich glaube, so kommen wir nicht weiter. Laßt uns essen fahren.«

Wir bedankten uns und fuhren nach Hause. Kaum hatte ich die Tür geschlossen, da sprudelte Alex auch schon los.

»Ich habe bis eben nicht gewußt, daß der Eiskeller früher ein Weinlager war. Und doch habe ich es gesehen.«

»Was ist denn heute bloß los mit dir? Du bist die ganze Zeit schon so komisch.«

»Ja, und das hatte auch seinen Grund. Für einen kurzen Augenblick saß ich nämlich allein in einem finsteren Faßlager. Zuerst habe ich das für eine Einbildung gehalten ...«

»Das war auch eine.«

»Und wieso bilde ich mir etwas ein, was es tatsächlich gegeben hat? Ich hatte bis vorhin keine Ahnung davon, das mußt du mir schon glauben! Es war auch nicht wie eine Vision oder eine Erscheinung, sondern so etwas wie eine – Erinnerung. Das war aber noch nicht alles: Als wir am Stumpf der Heideneiche standen, war mir, als hätte ich sie für einen Augenblick gesehen.«

»Wen?«

»Die slawischen Schatzgräber.« Alexandra ging verzweifelt auf und ab. »Es war ganz deutlich! Um mich herum war eine wilde moorige Landschaft. Und dann sah ich die Grube – ihr glaubt mir nicht, stimmt's?«

»Nicht ein Wort. Alex, ich weiß ja, daß du einiges siehst, was ich nicht sehe, aber das hier geht zu weit.«

Jens räusperte sich.

»Ich denke gerade an den Zettel an deinem Auto. Der war hundertprozentig kein Hirngespinst. Wir haben ihn alle gesehen. Hier – äh, wo ist er denn?« Er durchwühlte seine Taschen.

76

»Er ist weg.«

Nun war auch mir nicht wohl in meiner Haut. Alexandra sah mich aus großen Augen an.

»Tom, du weißt ganz genau, daß ich kein esoterisches Zivilisationsweibchen bin. Aber mein Instinkt sagt mir, daß etwas um uns vorgeht.«

Dann schob sie eine selbstgemachte Pizza in den Grill.

»Irgend etwas wollte mich darauf hinweisen, daß der Baumstumpf in Gadow *doch* die Heideneiche ist.«

»Aber es geht nicht!« jammerte ich. »Der Baum ist fünfzig Jahre nach der Schlacht bei Lenzen gesät worden. Er kann es definitiv nicht sein!«

Aber auf einmal wußte ich, was Alexandra sich ausgedacht hatte.

»Doch! Es geht doch! In der Sage steht geschrieben, daß die Schatzgräber fünf Eicheln auf die Stelle legten, unter der sich das Gold befindet. Vier davon verdorrten, und nur die fünfte Eichel schlug aus.«

»Ja, und?«

»Es steht nirgends, daß sie gleichzeitig gesät wurden. Möglicherweise wurden sie ja *nacheinander* in den Boden gesteckt. Es wäre doch denkbar, daß die erste Eiche nach ein paar Jahren eingegangen ist. Vielleicht war es ihr zu naß oder es gab einen Waldbrand. Also hat irgend jemand später an derselben Stelle nochmals einen Baum gesät. Doch auch der starb bald danach ab. So ging das noch fünfzig Jahre weiter, aber die fünfte Eiche schaffte es endlich, hochzukommen. Damit wäre erklärt, warum dem Stumpf fünfzig Jahresringe fehlen.«

»Es scheint mir doch sehr unwahrscheinlich, daß viermal hintereinander eine Eiche eingeht, und beim fünften Versuch wächst sie plötzlich wie verrückt. Aber trotzdem, es hört sich verführerisch einfach an.«

Alex drittelte die erste Pizza.

»Ich glaube ebenfalls nicht an die eingegangenen Bäume. Mir scheint, daß sie absichtlich immer wieder herausgerissen wurden. Viel später erst haben die Slawen dann den Baum gepflanzt, der dazu ausersehen war, das Geheimnis in ferne Tage zu überliefern.«

»Tja, dann haben wir uns wohl im Kreis gedreht. Das, was wir jetzt herausbekommen haben, wußten wir auch schon vorher. Und all die Schatzjäger vor uns ebenfalls.«

Jens wischte sich den Schweiß aus der Stirn.

»Ganz schön scharf, deine Pizza. – Nun gut, auf den ersten Blick magst du recht haben. Daß in allen Karten doch die richtige Eiche eingetragen ist, ist jedoch kein Beleg dafür, daß die Kartenzeichner es wirklich gewußt haben. Das können sie nämlich gar nicht.«

»Und warum nicht?«

»Weil sie die Jahresringe nicht zählen konnten, solange der Baum noch stand. Erst vor achtzig Jahren, als er abgesägt wurde, hätte das jemand tun können.«

»Das ändert aber nichts an der Tatsache, daß wir angeschmiert sind. Weil es nämlich völlig wurscht ist, ob unsere Vorgänger wissentlich oder unwissentlich unter der richtigen Eiche gebuddelt haben. Maßgeblich ist doch nur, *daß* sie es getan haben. Ich werde euch was sagen: Irgendein Nichtsnutz hat unser Gold bereits ausgegraben und verpulvert. Mein schönes Gold! Ich will mein Gold wiederhaben!«

Alexandra kicherte.

»Nicht immer gleich schlappmachen, Jungs. Erstens: Die Sage berichtet, daß der Schatz noch nicht gehoben wurde. Zweitens: Um eine junge Eiche buddelt man nicht herum, die gräbt man einfach aus und wirft sie beiseite. Sie ist aber noch da! Drittens: Im Wurzelwerk einer ausgewachsenen Eiche zu graben, stelle ich mir im wahrsten Sinne des Wortes als Heidenarbeit vor. Wenn du wochenlang wie ein Berserker im Wurzelgeflecht eines

Baumes wütest, geht das Teil danach entweder ein oder kippt einfach um.

Das heißt, daß halbwegs komfortable Ausgrabungsarbeiten erst nach dem Fällen des Baumes möglich gewesen wären. Doch nun konnten auch erstmals die Jahresringe gezählt werden, und allen Schatzräubern muß von da an klar gewesen sein, daß sie vor dem falschen Baumstumpf stehen. Es lag also zu keiner Zeit wirklich in der Luft, daß der Schatz gehoben wird. Aller Wahrscheinlichkeit nach liegt er da also noch. Wir besorgen uns jetzt im Baumarkt einen Metalldetektor und dann nichts wie ran.«

Noch am selben Abend fuhren wieder nach Gadow. Der Eiskeller hatte bereits geschlossen, wir waren also allein auf dem Gelände. Sobald die Sonne untergegangen war, wollten wir mit dem Graben beginnen. Zunächst jedoch sollte uns das Ortungsgerät die genaue Lage der Truhe verraten. Ich ging mit dem Gerät am Baumstumpf hin und her.

»Die Gurke zeigt nichts an.«

Jens kramte sein Schlüsselbund aus der Tasche und warf es auf den Boden.

»Probier mal jetzt.«

Der Zeiger schnellte bis an den Anschlag.

»Funktionieren tut das Scheißding also.«

Ich legte den Detektor auf den Baumstumpf. Nichts.

Jens klopfte auf das Glasfenster der Anzeige.

»Da! Jetzt hat er sich bewegt!«

Tatsächlich, der Zeiger stand – wenn auch nur eine Winzigkeit – neben der Null.

»Wahnsinn!« flüsterte ich. »Das, was wir da sehen, ist das Gold!«

Nun legten wir das Meßgerät ringsum auf den Erdboden, um die genaue Lage des Schatzes herauszufinden. Senkrecht unter der Stelle, an der der Zeiger am stärksten ausschlug, würden wir ihn finden.

Doch überall im Umkreis von zwanzig Metern schien Metall zu liegen.

Jens kniete verzweifelt über all unserem Gold.

»Darauf hätten wir auch schon früher kommen können. Die Wurzeln der Eiche haben die Kiste doch längst zerdrückt und die Klunkern gleichmäßig in der Erde verteilt.«

Entmutigt saßen wir auf dem Baumstumpf und grübelten vor uns hin. Inzwischen war es dunkel geworden. Alexandra wurde immer ungeduldiger.

»Was wollt ihr hier denn noch? Die Sache ist gelaufen! Und außerdem ist mir kalt.«

»Also eine Idee hätte ich noch ...«

»Ach, macht doch, was ihr wollt. Gib mir mal die Taschenlampe, im Auto habe ich eine Thermoskanne heißen Tee, die hole ich uns.«

»Aber paß auf, daß du nicht in den Teich fällst.«

»Jaja.« Alex verschwand in der Dunkelheit.

»Apropos Teich. Dieser Ort ist wird seit alters her als sumpfig beschrieben. Die Sage berichtet, daß die Wurzeln die Schatztruhe fest umklammert halten. Das konnten die Urheber dieser Geschichte zwar nicht wissen – woher auch – aber so abwegig ist dieser Gedanke gar nicht. Vielleicht haben die Wurzeln die Truhe im weichen Moorboden einfach beiseite geschoben. Und wenn sie den Kasten doch umschließen, dann mag er zwar kaputtgegangen sein, aber die Goldstücke blieben in den Wurzeln eingeschlossen. Irgendwann sind sie völlig im Holz eingewachsen. Das wäre doch eine Möglichkeit, oder?«

»Und warum zeigt das Suchgerät überall verstreute Münzen an?«

»Vielleicht deuten wir dieses Symptom ja nur falsch. Wenn die Wurzeln mitsamt dem Kasten zehn oder gar fünfzehn Meter in die Tiefe gewachsen sind, dann streut die darüberliegende Erdschicht den Suchstrahl wie dichter Nebel das Sonnenlicht.

Du siehst zwar Licht, aber nicht, woher es kommt.«

»Und wie bringt uns das jetzt weiter? Ohne Zauberei gelangen wir niemals bis in diese Tiefe. – Sag mal, wo bleibt eigentlich Alexandra?«

Ich stand auf und sah mich um.

»Keine Ahnung. Hoffentlich ist ihr nichts passiert. Komm, wir sehen mal nach.«

Wir nahmen unsere Handlampen vom Baumstumpf und marschierten in Richtung Parkplatz. Jens fluchte.

»Mist, jetzt bin ich in den Morast gelatscht. Puh. – Oh Gott, Tom, guck mal da, da ist der Schwarze Hund!«

Ich drehte die Lampe in die Richtung, aus der zwei böse Augen glommen.

»Mensch, das ist irgendein Köter. Mach mich jetzt nicht verrückt, sag mir lieber, wo wir lang müssen.«

»Tom, das ist kein Hund, das ... Still! Horch!«

Wolfsgeheul!

Ich drehte mich mit der Lampe im Kreis. Um uns ragten riesige schwarze Bäume in die Höhe. Das Unterholz war völlig verstrüppt.

An einer Stelle raschelte es gewaltig. Dann wühlte sich ein riesiges Ungeheuer aus dem Unterholz. Es war über zwei Meter hoch, dick und zottlig. Auf dem mächtigen Schädel thronten zwei gewaltige Hörner. Es schnaubte wütend und scharrte mit dem Huf.

»Das sieht aus wie ein Ur«, hauchte ich. »Aber die sind doch längst ausgestorben! Alexandra hatte recht, irgend etwas narrt uns.«

Wir brüllten aus Leibeskräften ihren Namen. Doch sie blieb stumm. Eisige Kälte kroch an mir empor. Wo steckst du?

Der Auerochse starrte in die Taschenlampe.

»Komm weg hier, bevor er uns aufspießt.«

Wir rannten durchs platschende Wasser, die Lampenstrahlen

hüpften auf und ab.

»Was haben wir heute für einen Tag?« keuchte ich.

»Den 3.September.«

»Und was war am 3. September?«

»Heute vor tausend Jahren begann die Schlacht bei Lenzen. Was willst du damit sagen?«

»Daß es uns eingeholt hat. Der Schreiber des Zettels hatte recht: Wir stecken jetzt drin in der Sache. Wir haben uns zu nah herangewagt, und jetzt hat die Falle zugeschnappt.«

»Dann befinden wir uns also im Jahr 929?«

»Ich wage das gar nicht auszusprechen.«

Da hörten wir einen Ruf, und im Lampenstrahl kam uns eine völlig verdreckte Gestalt entgegen. Alexandra!

»Tom! Ich hab schon wieder diese Vision! Und sie geht nicht mehr weg!«

Jens schüttelte den Kppf.

»Diesmal ist es keine Vision.«

Wir marschierten in die Richtung zurück, aus der Alexandra gekommen war. Unter einem großen Baum fanden wir einen geschützten Platz. Dort ließen wir uns nieder.

»Wir müssen uns ausdenken, was wir als nächstes machen. Wenn heute die Schlacht bei Lenzen beginnt ...«

Alexandra unterbrach mich.

»Morgen. Widukind schrieb, daß die Slawen in der Nacht angreifen wollten, doch weil es ein fürchterliches Unwetter gab, sank ihnen der Mut, und sie blieben in ihren Lagern. Die Deutschen standen die ganze Nacht unter Waffen, taten dies jedoch warm und trocken in ihren Zelten. Am nächsten Tag schien die Sonne. Daraufhin entschlossen sich die Deutschen, selbst anzugreifen. Und das ist morgen. Heute hingegen ist die Nacht des Unwetters.«

In der Tat hatte stürmischer Regen eingesetzt.

»Dann ist morgen vieleicht auch der Tag, an dem der Schatz

vergraben wird. Ich hätte nicht übel Lust, hier auf ihn zu warten.«

Alexandra schüttelte ungläubig den Kopf.

»Jens, daß du sogar in dieser Situation nur dein Scheiß-Gold im Kopf hast. Ich wäre schon froh, wenn wir hier lebend wieder wegkommen.«

»Was soll das? Da haben wir die einmalige Gelegenheit, die Knete ohne einen Spatenstich abzufassen, und stattdessen sitzen wir hier unterm Baum und wimmern uns in den Schlaf, oder was?«

»Cool«, sagte ich.

Alexandra zog eine Schnute.

»Ach, was. Das ist nur das Pfeifen im dunklen Walde.«

Jens guckte reumütig.

»Ja, aber wir können doch hier nicht rumsitzen und auf ein Wunder warten!«

»Ich denke, du willst hier auf den Goldtransport warten?«

»Nee, ich habe schon wieder weitergedacht, das sollten wir uns aus dem Kopf schlagen.«

»Wieso denn das auf einmal?«

»Wenn wir den Schatz jetzt mitgehen lassen, bringen wir alles durcheinander. Vor einer Stunde, als wir uns noch im Jahr 1995 befanden, haben wir das Gold geortet – aber nur, weil wir es jetzt, im Jahre 929, nicht wegschleppen werden – äh, weggeschleppt haben – nee, auch nicht.«

»Jaja, ich versteh' schon. Ich denke auch, daß wir hier nichts anfassen dürfen. Ich habe nämlich so eine Ahnung, daß wir dann für immer hier gefangen bleiben.«

Jens war auf einmal ganz traurig.

»Dann weinen alle Frauen im ›Miami‹.«

Alex lachte spöttisch.

»Gehst du alter Sack da etwa immer noch hin? Du wirst wohl nie erwachsen, was? Such dir bloß mal bald 'ne feste Freundin.«

»Vielleicht noch heiraten, was? Nee, nee, damit bleib mir vom
Hof. Aber zurück zum Thema: Was haltet ihr davon, wenn wir
uns nach Lenzen aufmachen und uns die Schlacht aus sicherer
Entfernung mit ansehen?«

Alex fröstelte.

»Wenn es nicht so eklig kalt wäre, würde ich lieber im Rudower See baden. Das Wasser war vor tausend Jahren bestimmt
noch glasklar ...«

Sie verstummte erschrocken.

»Oh nein, lieber nicht. Es sollen ja tausende slawische Krieger in den See getrieben worden sein, wo sie ertranken. Auch
auf dem Grunde der Löcknitz und in vielen Sümpfen liegen ihre
Gebeine. An manchen Tagen sollen sie sogar dem Wasser ent-
steigen und arglose Wanderer in die Tiefe locken.«

Jens klappte einmal mit den Zähnen.

»Je mehr ich mir das alles ausmale, desto mehr graut mir
davor. Mensch, das ergibt doch alles keinen Sinn!«

Alexandra drehte eine Haarsträhne zwischen den Fingern.

»Ich glaube zwar an keinen Gott, aber ein höheres Prinzip
könnte ich mir durchaus vorstellen. Wenn dieses uns nun hierher geschickt hat, um *doch* etwas am Lauf der Dinge zu ändern?«

Ich spielte mit einem Stock.

»Daß wir am Vorabend der Schlacht hier gelandet sind, kann
eigentlich kein Zufall sein. Vielleicht sind wir so etwas wie Aus-
erwählte.«

Alexandra lachte schrill.

»Jens und auserwählt? Der ist zur Strafe hier, weil er so geil
auf die alten Klunkern ist.«

Der probte den Aufstand.

»Alex, ich weiß, was du von mir denkst. Daß ich ein Hallo-
dri bin. Du hast nur noch nicht erlebt, daß ich auch anders
kann. Das liegt daran, daß mir in diesem Leben noch nicht all-

zuviel begegnet ist, das es wert gewesen wäre, dafür den Kopf hinzuhalten. Wenn mir aber jemals etwas wirklich Wichtiges gegenüberstehen sollte, werde ich es erkennen. So, und damit du nicht denkst, ich blase hier nur Staub herum, sage ich dir jetzt ganz genau, was ich tun werde.« Er wies in Richtung Lenzen. »Ich werde jetzt da hingehen und mich in die Ereignisse stürzen. Irgend etwas ist da. Ich weiß noch nicht, was, aber wenn es mir begegnet, werde ich tun, was zu tun ist. Du darfst auch gerne mitkommen und es dir ansehen.«

Alex grinste frech.

»Vertragen wir uns wieder? Schön. Nun aber hoch die Ärsche.«

Wir waren noch keine drei Minuten gegangen, als ...

»Was ist das da für ein Licht im Wald?«

»Merkwürdig. Ein Haus?«

»Psst!«

Vorsichtig traten wir näher.

»Ich werd' verrückt. Das ist ein Parklicht – das ist unser Auto!«

Jubelnd tanzten wir herum. Zärtlich streichelte ich den Lack des Wagens.

»Du meine treue Seele.«

Dann wühlten wir uns aus dem Schlamm.

»Siehste«, sagte ich triumphierend zu Alex, »es war doch besser, ein paar Mark mehr auszugeben und gleich einen richtigen Geländewagen zu kaufen.«

»Jaja.«

Wir krochen mit heulendem Motor durch die wilde Landschaft. Irgendwann erreichten wir eine Art Fahrweg, auf dem wir dann zügig in Richtung Lenzen vorankamen.

In sicherer Entfernung wollten wir den Wagen im Wald verstecken und das letzte Stück zu Fuß gehen. Ich bog also vom Wege ab und fuhr durchs Gestrüpp. Plötzlich ging es nicht mehr weiter. Ich war geradewegs in einen Sumpf gefahren. Das Schilf war so dicht und niedrig, daß ich es für Gras gehalten hatte.

Fluchend legte ich den Rückwärtsgang ein. Aber es war zu spät.

»Wir saufen ab! Haha! Wir gehen einfach unter!«

Der Motor jaulte ohrenbetäubend. Jens drehte mir die Zündung ab.

»Schluß jetzt, raus hier! Sonst kriegen wir die Türen nicht mehr auf!«

Er griff zur Verriegelung.

»Da! Da ist es schon passiert! Verflucht, Tom, hilf mir beim Drücken.«

Doch es war zwecklos. Der Wagen legte sich auf die Seite. Als Jens das Fenster herunterkurbeln wollte, bemerkten wir eine braune Flüssigkeit, die immer schneller an der Scheibe emporkroch. Wir erstarrten.

»Das Sonnendach! Schnell!«

In panischer Angst zertrümmerten wir mit bloßen Fäusten die Plexiglasscheibe und zwängten uns ins Freie. Nun saßen wir auf dem Dach. Jens sprang zuerst, dann ich, und zu zweit fingen wir Alexandra auf.

Gleich darauf hörten wir, wie das Wasser durch das offene Dach ins Innere des Wagens rauschte.

»Diese Scheiße! Mein schönes Auto! Was hab ich dafür geschuftet! Ich glaub es einfach nicht!«

Alex lächelte eisig.

»Siehste, es war doch besser, gleich ein paar Mark mehr auszugeben, um einen schönen teuren Geländewagen absaufen zu lassen ...«

»Jetzt fang' du nicht auch noch an! Und das alles wegen diesem Scheiß-Gold! Ich könnte mir in den Arsch beißen! Reich wollte ich werden! Haha! Reich! Daß ich nicht lache! Die kreisärmste Sau bin ich jetzt!«

Jens zog ein mitleidiges Gesicht.

»War er denn wenigstens schon abbezahlt?«

»Ach was!«

»Armer Tom.« Alex umarmte mich.

Allmählich beruhigte ich mich, es hatte ja sowieso keinen Sinn.

»Ach, Alexandra. Hauptsache, du versumpfst mir nicht auch noch irgendwo ...«

»Dann paß mal schön auf mich auf. Wir sind ja jetzt schließlich in der Ritterzeit!«

»Auch das noch. Also gut. Es sei, holde Jungfer.«

»So nehmt meine Hand, edler Recke.«

Jens atmete auf.

»Na, Gott sei Dank. Dann laßt uns jetzt aber in die Schlacht ziehen.«

Wir marschierten los. Bald waren wir völlig durchnäßt. Plötzlich sprangen Männer aus dem Gebüsch. Wir erstarrten. Slawen! Sie redeten in einer unbekannten Sprache miteinander, dann fielen sie über uns her. Wir wurden gefesselt und geknebelt und auf ein Fuhrwerk geladen. Das alles dauerte nur ein paar Sekunden, dann schaukelte der Wagen davon.

Ich richtete mich stöhnend auf und schaute nach hinten aus dem geöffneten Verdeck. Ich sah die Spur, die die Wagenräder auf dem morastigen Weg hinterließen. Der Regen prasselte und ein böser Wind fegte nervös durch die niedrigen Bäume.

Erst allmählich erholte ich mich von dem Schreck. Dann wurde mir schlagartig unsere Lage bewußt. Für die sind wir Spione! Die hacken uns die Birne ab, ohne uns auch nur eine Frage zu stellen! In Alexandras Augen konnte ich lesen, daß sie das gleiche gedacht hatte wie ich. Jens sah versonnen ins Leere. Er dachte über etwas nach. Lieber Gott, laß ihn einen Einfall haben!

Dann bemerkten wir Licht. Die Burg! Sie bringen uns in die Burg!

Auf dem Burghof wurden wir ausgeladen. Man nahm uns sogar die Knebel aus dem Mund und entfernte die Fesseln.

Die Burg war vollständig aus Holz errichtet. Martialische Palisaden bildeten den äußeren, kreisförmigen Verteidigungsring.

Unmittelbar dahinter verlief in etwa drei Meter Höhe der Wachgang. Er war vollständig mit Schilfrohr überdacht. In regelmäßigen Abständen führten Holztreppen hinauf. Große schräggestellte Holzschilde stellten den zweiten Verteidigungsring dar. Dahinter waren Unmengen von Waffen gelagert. Die Speicher und Mannschaftsräume befanden sich direkt unter der Wachgalerie, nur ein Gebäude ragte etwas höher hinaus.

Oh, oh, dachte ich, ein Brandpfeil, und der ganze Laden brennt ab.

Zwei Soldaten schoben uns zu dem erwähnten großen Gebäude. Wir bestiegen eine Treppe und fanden uns in einem großen, prächtig ausgestatteten Raum wieder. Kriegerisch wirkende Männer mit grauen Bärten saßen um einen langen Tisch herum. Panzerhemden rasselten.

Ein besonders würdevoll aussehender Krieger erhob sich und kam auf uns zu. Ein Diener trat hinzu, der sich als Dolmetscher herausstellte. Er sprach zwar althochdeutsch, aber wir konnten uns einigermaßen verständigen.

»Dies ist Großfürst Pribislav, unser oberster Kriegsherr.«

Der Fürst reichte uns die Hand. Nanu?

»Ich sehe an eurer merkwürdigen Kleidung, daß ihr die Leute seid, die uns die Götter gesandt haben.«

Erschrocken starrten wir auf unsere verdreckten Jeans. Durch das Schweigen hörten wir den Regen prasseln. So war das also. Wir waren von Swantevit und seinem Götterrat ausersehen worden. Doch wofür?

»Ich weiß auch, daß ihr vom Volke unseres Gegners abstammt. Doch sei's drum – wir wollen den Ratschluß der Götter anerkennen. Holt die Weise Frau herbei!«

Ein Soldat sprang davon. Nach einer Weile trat ein uraltes dürres Mütterlein herein. Aufmerksam betrachtete sie uns aus listigen Augen.

»Ja«, sagte sie mit langsamer dünner Stimme, »ich erkenne in ihnen die Gottgesandten. Nun, o Fürst, erlaubt mir, daß ich die Probe mache – so, wie es die alte Prophezeihung will.«

Dann wandte sie sich an uns.

»Ihr seid ausersehen, das Wunder wahr werden zu lassen, von dem die alte Kunde spricht. Doch ihr werdet Mut brauchen, sehr viel Mut. Seid ihr dazu bereit?«

»Ja!« riefen wir laut und fest.

»Gut, sehr gut. Doch es ist möglich, daß ihr eure Hand gegen euer eigen Blut erheben müßt, wenn euch euer Leben lieb ist.«

»Das ist es uns!« riefen wir wieder.

»Doch nun kommt der entscheidende Augenblick, und nur die Götter wissen, was jetzt geschehen wird. Das Schicksal liegt nun in ihren Händen. Man führe Senja herein!«

Eine Nebentür öffnete sich. Ein Mädchen trat herein. Oha, dachte ich, so sehen sie also aus, die stolzen slawischen Wildkatzen. Ich war beeindruckt. Ein kurzer Seitenblick auf Jens zeigte mir, das es ihm ebenso ging. Der war ja wie hypnotisiert! Doch auch die schöne Senja schien nur Augen für unseren Jens zu haben. Soso. Langsam durchschaue ich die Angelegenheit.

»Dies«, hub die Weise Frau an zu sprechen, »ist die Tochter unseres Fürsten. Leider gelang es nicht mehr, sie vor Beginn der Belagerung aus der Burg zu bringen. Das ganze Land ist durchdrungen von feindlichen Soldaten. Nur ein Wunder kann sie jetzt noch retten!«

Ich betrachtete die Prinzessin. Woher kenne ich dieses Gesicht? Verdammt nochmal, diese Ähnlichkeit mit ... das hatte doch was zu bedeuten! Ich bemerkte, das Fürst Pribislav Alexandra beobachtete. Ihm schien die gleiche Idee wie mir gekommen zu sein.

Er trat näher.

»Jetzt erkenne ich es!« rief er aus. »Es ist also wahr! Wie heißt du, schönes Kind?«

»Alexandra.«

Der Fürst bekam feuchte Augen.

»Dann hat sich die Weissagung erfüllt! Seht, junger Herr, erblickt ihr die Ähnlichkeit zwischen eurem Weibe und meiner Tochter?«

»Ja, doch was hat es zu bedeuten?«

Er bedeutete der Weisen Frau, näher zu treten.

»Erzähle es ihnen!«

»Vor langer, langer Zeit, im Jahre 789 entsandte der Frankenkönig Karl einen Heerbann an der alten Furt Lunkin über die Elbe. Der wendische Großfürst Dragowit, ein Vorfahr unseres Fürsten Pribislav, mußte die Waffen strecken. Dragowit hatte eine Tochter, welche die Franken als Faustpfand begehrten, um unser Volk von weiteren Feldzügen ins Frankenland abzuhalten. König Karl drohte mit einem Blutbad, wenn die Fürstentochter nicht ausgeliefert werden würde.

Doch der Großfürst liebte seine Tochter über alle Maßen und konnte es nicht übers Herz bringen, sie dem Feinde zu übergeben. Deshalb sann der Rat der Häuptlinge nach einer List. Im ganzen Lande befragte man die Orakel und alsbald entdeckte man ein Mädchen, welches wegen einer frevelhaften Tat zum Tode durch das Schwert verurteilt worden war.

Sofort ließ man sie herbeiholen. Dragowit versprach, ihr das Leben zu schenken und die Ehre ihrer Familie wiederherzustellen, wenn sie sich an Stelle seiner Tochter in die Hände der Franken begeben würde.

Das Mädchen war einverstanden, blieb ihr doch im Grunde auch keine andere Wahl. Nun begannen eilige Vorbereitungen. Doch bald entdeckte man, daß fränkische Spione durch die Gegend streiften. Dem Plan drohte Verrat. Wenn die Franken bemerken würden, daß der Fürst plötzlich zwei Töchter hatte, würden sie Verdacht schöpfen. Deshalb mußte die echte Prinzessin versteckt werden, sobald die falsche an die Seite des Fürsten trat.

Schweren Herzens stimmte der Großfürst zu. Wieder wurden

Boten in die Tempel des Landes gesandt, um von den Orakeln Kunde zu bringen. Bald darauf traf eine Abordnung der weisesten Priester des Wendenlandes in Lunkin ein. Sie berichteten von einer außergewöhnlichen Weissagung. Danach sollte die Fürstentochter nicht außer Landes gebracht, sondern von geheimen Mächten in das Reich des Unsichtbaren geführt werden. Dort würde sie glücklich bis ans Ende ihrer Tage leben.

Die Priester riefen die Götter um Hilfe an, und sie entsandten einen Boten, der die Fürstentochter mit sich nahm. Seit jener Nacht ward sie nie wieder gesehen.

Du, Alexandra, kehrtest aus dem Reich des Unsichtbaren zu uns zurück! Du bist eine Nachfahrin der Tochter Dragowits!«

Ihre letzten Worte verhallten im Raum.

Dann fuhr die alte Frau fort.

»Nun ist Senja, die Tochter unseres Fürsten, in der gleichen Gefahr wie ihre Ahnin. Unsere Priester erinnerten sich an die alte Legende aus der Zeit Dragowits. Doch die Götter sollten zunächst ein Zeichen geben, daß es dessen Tochter wohl ergangen sei. Nun sandten sie ihre Urenkelin, was der Beweis dafür ist.«

Sie wandte sich an Jens.

»Die alte Prophezeihung verlangt, daß Ihr die Tochter des Großfürsten zum Weibe nehmt, bevor Ihr sie mit Euch führt! Sagt, seid Ihr dazu bereit?«

Ich erschrak. Ausgerechnet Jens? Dieser alte Charmeur und Mädchenverführer vor dem Herrn? Der heiratet nie! Ich schielte zu ihm herüber. Alex hatte Mühe, sich ein Grinsen zu verkneifen ...

Noch nie hatte ich ihn so ernsthaft gesehen wie in diesem Augenblick. Seine Miene verriet, daß er sich im Klaren darüber war, was von ihm abhing. Die schönen Augen der Fürstentochter sprühten. Das steht der nicht lange durch, dachte ich, das haut ihn um.

Und dann geschah es. Jens trat auf Senja zu. Sein Gesicht glühte. Mit klarer Stimme sagte er:

»Willst du, Senja, meine Frau werden?«

Ihre Augen erstrahlten.

»Ja!«

Unbeschreiblicher Jubel hub an. Die beiden umarmten sich. Wir umarmten uns. Alle umarmten sich.

»Dann bist du gerettet, mein Kind!« rief der Großfürst. »Richtet die Tafel für das Fest! Bringt den Göttern ein Opfer!«

Einer der Kriegsherren legte Schwert und Kettenhemd ab. Dann kleidete er sich in priesterliche Gewänder und vollzog die Trauung. Anschließend speisten wir köstlichen Braten und tranken aus goldenen Bechern. Allein Senja und Jens saßen verliebt auf einem Fell in der Ecke und sahen nur sich und sonst gar nichts.

Doch bald drängte Fürst Pribislav zum Aufbruch.

»Die Stunde naht, in der die Götter euch wieder zu sich rufen werden! Man bereite alles für die Flucht! Unser Plan geht wie folgt: Sobald die Morgendämmerung anbricht, werdet ihr mit einem Fuhrwerk die Burg verlassen. Dann seid ihr in der Hand der Götter!«

Er nahm Alexandra in den Arm.

»Ich freue mich, daß es meiner Familie gut geht. Ich will dafür Sorge tragen, daß es so bleibt. Senja, deine Base, wird es euch einst berichten. Doch ihr müßt nun eilen, die Stunde der Dämmerung ist da.«

Lange währte der Abschied von seiner Tochter, dann trat ein Krieger in die Tür und meldete, das alles zur Abfahrt bereit stehe.

Wir verließen das Fürstenhaus. Der Sturm war verstummt und auch der Regen tröpfelte nur noch ein wenig. In der Mitte des Burghofes stand ein Planwagen, vor dem vier schwarze Rosse unruhig stampften. Im Innern des Wagens waren Felle ausgelegt. Zwei Kisten, wahrscheinlich Proviant, standen im hinteren Teil.

Wir genossen die Morgensonne und reckten uns. Doch plötzlich war die Luft von einem eigenartigen Singen erfüllt. Wir wollten gerade erstaunt noch oben blicken, als in der Burg ein Sturm losbrach. Die Türen der Mannschaftsräume flogen auf, und schwergerüstete Soldaten stürzten ins Freie.

Senja packte Jens am Arm und schrie: »Brandpfeile!«

Sie zog uns in ein Magazin. Der Waffenmeister hob Kettenhemden auf einen Tisch. Senja war sogleich dabei, in eines hineinzuschlüpfen. Wir taten es ihr nach. Dann wurden Helme verteilt.

Als wir den Lagerraum wieder verließen, war in der Burg bereits an mehreren Stellen Feuer ausgebrochen. Die Pferde vor unserem Wagen bäumten sich auf, und eine Handvoll Soldaten versuchte, sie unter ein Schutzdach zu ziehen. Immer neue Brandpfeile heulten heran.

Jens lief mit geballten Fäusten auf und ab.

»Gebt mir ein Schwert!« schrie er kriegerisch. Ich wies auf die Waffen im inneren Verteidigungsring. Wir suchten uns jeder ein Schwert und erhoben es drohend in die Luft. »Haha!« brüllten wir.

Die beiden Frauen sahen sich aus schmalen Augen an. Kurz darauf hatten sie sich mit Armbrüsten und einer schweren Tasche mit Schußbolzen bewaffnet. Senja spannte beide Bögen und legte einen Bolzen ein. Dann erklommen wir gemeinsam eine Treppe zum Wachgang. Vorsichtig schauten wir durch die Schießscharten. Draußen begann bereits die gewaltige Schlacht.

Einer der beiden deutschen Heerführer, Markgraf Bernhard, stürmte, nur von einer kleinen Schar Getreuer umgeben, allen voran auf das Schlachtfeld. Doch er wurde von der Übermacht des Gegners zurückgeworfen. Die Deutschen hatten jedoch bemerkt, daß die Slawen nur wenig Reiterei besaßen. Das

Fußvolk hingegen kam in dem schlammigen Gelände nur schwerfällig voran. In aller Eile waren sie zuvor aus dem gesamten Slawenreiche herbeigeströmt und waren von den oft hunderte Meilen langen Fußmärschen noch völlig erschöpft. Aus den nassen Kleidern der Krieger stieg dichter Dunst.

Dieser Anblick gab den Deutschen neuen Mut. Angefeuert vom Markgrafen, stürzten sie sich mit lautem Geschrei erneut in die Schlacht. Doch die dichten Massen konnten nicht durchbrochen werden, erbarmungslos wütete das Schwert, aber es gelang den Angreifern nicht, sich eine Gasse zu bahnen.

Die Wenden hielten stand, die Schlacht wogte hin und her, und Ströme von Blut durchtränkten den Boden. Doch nun, auf Befehl Bernhards, jagte Markgraf Thietmar mit seiner schwergepanzerten Reiterei heran und fiel der slawischen Armee in die Seite. Die Reihen des Fußvolkes lösten sich auf, und Thietmars Reiter erhoben gnadenlos das Schwert.

In heilloser Flucht strömten die Geschlagenen auseinander. Umsonst versuchten sie, die nahe Feste zu erreichen – Thietmar schnitt ihnen den Weg ab. Nun brach ein grausames Morden an. Die Reiter metzelten jeden nieder, den sie erreichen konnten.

Die Massen fluteten in die Löcknitz und in den Rudower See, wo sie alle den Tod fanden. Nur wenige wendische Reiter entrannen, vom Fußvolk nicht ein einziger.

200.000 Tote bedeckten das Schlachtfeld. Nur 800 Soldaten gerieten in Gefangenschaft, doch auch sie wurden hingemetzelt.

Am nächsten Tage zogen die Sieger vor die Burg. Man versprach den Insassen das Leben, worauf sie die Waffen streckten. Die Männer mußten waffenlos den Ort verlassen, während Frauen, Kinder und Knechte mitsamt dem Goldschatz als Kriegsbeute für den König weggeführt wurden.

Doch ich greife vor. Als wir auf der Wachgalerie standen, prallten die Gegner gerade das erste Mal aufeinander.

Da wir aus dem (eben wiedergegebenen) Bericht des Widukind wußten, wie die Schlacht verlaufen wird, konnten wir halbwegs voraussehen, wann es einen günstigen Augenblick geben würde, in dem wir die Burg unbemerkt verlassen konnten.

Die nächste Welle Brandpfeile jagte heran. Dröhnend schlugen sie in die Palisaden. Wir warfen uns zunächst zu Boden, doch dann rannten wir gebückt auf den ratternden Bohlen zur nächsten Treppe.

Der Wagen! Er stand im Pfeilhagel – aber Gott sei Dank brannte er noch nicht.

Senja und Jens schleppten aus dem Innern der Burg zwei der schweren Schilde herbei. »Wasser! Wir brauchen Wasser!« rief Senja dabei.

Zwei Soldaten sprangen an den Brunnen und zogen einen Ledereimer hinauf. Jens und ich hielten die Schilde in die Richtung, aus der die Pfeile geflogen kamen und die beiden Frauen begossen in deren Schutze die Wagenplane mit Wasser. Ein Pfeil schoß hinein, verlosch jedoch zischend.

»Und jetzt raus hier!« schrie Jens. Wir warfen die Waffen auf den Wagen. Senja sprang auf den Kutschbock und ergriff die Zügel. Jens kniete mit einem Schild neben ihr. Dann schwang Senja die Peitsche. Die Pferde bäumten sich auf und rissen wild an der Deichsel. Alex und ich rannten unter dem anderen Schild zum Burgtor. Wir spürten das harte Wummern einschlagender Pfeile über unseren Rücken.

»Öffnet das Tor!«

Gemeinsam mit den Soldaten schoben wir die knarrenden Flügel auf. Dann raste schon der Wagen heran.

Senja stand auf dem Bock und schrie: »Springt auf!«

Wir hechteten in letzter Sekunde auf die Ladefläche. Dann brausten wir in die Schlacht. Unübersehbare Menschenmassen wälzten sich aufeinander zu. Dort, wo sie sich trafen, setzte ein wütender Kampf Mann gegen Mann ein.

Ich riß vorn die Plane auseinander, damit wir in Fahrtrichtung blicken konnten. Die Krieger verteilten sich immer weiter auf dem Schlachtfeld.

Jens war bleich.

»Das wird knapp! Das wird verdammt knapp! Wenn die uns den Weg versperren, dann ist es aus!«

Nur wenige Augenblicke später hatte sich seine Vorhersage erfüllt. Der Fahrweg wurde von Menschen überflutet.

»Was machen die?« schrie Senja. Doch da sahen wir von Ferne schwarze Reiter nahen.

Thietmar!

Unbeschreibliches Chaos brach aus. Binnen Sekunden war unser Wagen von fliehenden Kriegern umringt. Ihre Hände klammerten sich an die Bordwände.

»Nehmt uns mit!« schrien sie voller Todesangst. Der Wagen rührte sich nicht mehr von der Stelle. Wütend schlug Senja auf die Pferde ein. Die wieherten voller Furcht und zerrten panisch an ihrem Geschirr. Doch es half nichts.

»Senja!« brüllte Jens. »Wir müssen hier weg! Tu doch was! Sag ihnen ...«

Der Wagen neigte sich zur Seite.

»... die schmeißen uns um!« Er schüttelte die Fürstentochter. »Es hilft nichts! Du kannst nichts ändern!«

Einige der Flüchtenden schienen Senja inzwischen erkannt zu haben. Krachend setzte das Fuhrwerk wieder auf seinen vier Rädern auf. In dieser Schrecksekunde sauste Senjas Peitsche hernieder. Der Wagen machte einen Satz nach vorn. Dann riß sie an den Zügeln. Die Pferde sprangen nach rechts über die Wegböschung. Die Radlager kreischten, und das Gefährt drohte ein weiteres Mal umzukippen. Geistesgegenwärtig sprang ich mit Alex von der Ladefläche. Gemeinsam stemmten wir uns gegen den kippenden Wagen, doch er legte sich immer weiter auf die Seite. Die Plane zerriß .

»Der Schild!« schrie Alexandra durch den Schlachtenlärm. Ich griff in das Loch in der Plane und kippte den Schild über die Bordwand ins Freie. Dann preßten wir ihn als Stütze unter den Wagen. Während dessen hatte sich Jens vor die Pferde gestellt und riß wie irrsinnig am Geschirr.

»Wollt ihr wohl ziehen, ihr schwarzen Teufel!«

Plötzlich wurde er ganz ruhig. Er legte beide Hände auf die Stirn der ersten Rosse, die Todesangst verschwand aus ihren Augen.

»Los!« schrie er dann.

Ein Stromstoß durchzuckte die sehnigen Leiber der Pferde. Knarrend richtete sich der Wagen auf. Geschwind sprangen wir hinein und nun wühlte sich das Fuhrwerk durch den dichten Wald. Die Plane flog in Fetzen davon.

Allmählich bemerkten wir, daß wir uns bergab bewegten. Alex und ich sahen uns an. Das ging doch nicht!

»Senja!« riefen wir wie aus einem Munde. »Nicht zum See! Wir dürfen nicht zum See!«

»Aber wir müssen die Kiste versenken!« schrie sie zurück.

Nein!

»Jens, nimm ihr die Peitsche weg! Wir werden dort alle ersaufen!«

Der packte die Zügel.

»Senja, wir wissen, wie die Schlacht endet. Wir dürfen da nicht hin, wir werden alle umkommen!«

Sie hielt den Wagen.

»Wohin müssen wir uns stattdessen wenden?«

Wir schauten in die Sonne, um die Orientierung wiederzufinden. Mit seiner Armbanduhr stellte Jens die Himmelsrichtung fest. Dann wies er in Richtung Osten, nach Gadow ...

In zügigem Galopp zogen uns die Pferde durch die Sümpfe. Hoffentlich passiert uns nicht dasselbe, wie mit meinem Geländewagen. Doch Senja kannte sich hier aus. Sicher lenkte sie uns an den Tümpel, an dem wir gestern erst unsere Welt verlassen hatten.

Senja sprang vom Bock.

»Nun müssen wir die Truhe in den Teich werfen!«

»Was für eine Truhe denn, zum Donnerwetter!«

Sie wies ins Innere des Wagens. Die Proviantkisten ...

»Was ist da drin?«

»Gold.«

Wir erstarrten in ehrfürchtigem Schweigen. Der Wendenschatz! Er stand vor uns! Leibhaftig!

»Nein!« riefen wir. »Nicht in den Teich! Wir müssen ihn vergraben!«

Plötzlich verstummten wir. Wieso vergraben?

Alex flüsterte: »Wir nehmen ihn einfach mit!«

Dann horchte sie angespannt. Was ist?

»Ich höre Menschen schreien – die werden doch wohl nicht bis hierher ...«

Aus dem Gebüsch brachen drei wendische Krieger hervor.

Senja lief ihnen entgegen.

»Fürst Niklot! Was tut Ihr hier!«

»Fürstin, Ihr müßt fliehen! Der Feind verfolgt uns! Er wird gleich hier sein!«

Senja richtete sich auf.

»Fürst Niklot! Ich ernenne Euch hiermit zum Hüter des Schatzes! Sobald der Friede hergestellt ist und Ihr wieder die Macht im Lande habt, sollt Ihr ihn heben und das zerstörte Reich wieder aufbauen! Dies ist meines Vaters Wille!«

Sie trat in die Mitte einer Lichtung.

»Seht her und merkt Euch den Ort! Hier werden wir das Gold vergraben! Zur Erkennung werden wir eine Eichel auf die Stelle legen! Versteckt Euch an geheimen Orten, Fürst Niklot, und begebt Euch hin und wieder an diese Stelle! Reißt die Eiche heraus und setzt eine neue, damit der Schatz nicht unwieder-

98

bringlich unter den Wurzeln verschwindet! Gelobt, das Ihr das tun werdet!«

»Es sei, Herrin!«

»Doch nun flieht und rettet Euer Leben, damit Ihr Eure Aufgabe erfüllen könnt!«

Fürst Niklot und seine Getreuen sprangen auf ihre Pferde und preschten davon. Dann machten wir uns an die Arbeit. Mit unseren Schwertern wühlten wir eine Grube in den Boden. Zähes Wurzelgeflecht stellte sich uns in den Weg.

Wir waren etwas kleinlaut geworden. Jens schaute auf Senja.

»Wenn ihr mich fragt, ich habe meinen Schatz. Mehr will ich nicht, und mehr brauche ich auch nicht.«

Ich gab Alexandra einen Kuß.

»Seh' ich auch so. Hauptsache, wir vier kommen mit heiler Haut davon.«

Der Schlachtenlärm rückte bedrohlich näher. Und ehe wir uns versahen, sprangen uns weitere Flüchtende entgegen. Schreiend rannten sie über uns hinweg, stolperten über die inzwischen ausgeladene Kiste.

»Flieht! Sonst seid ihr des Todes!«

»Verdammte Scheiße!« schrie ich. »Warum geht denn das jetzt alles so schnell?«

Mit rasendem Puls warfen wir die Truhe in die Grube und schoben sie mit Händen und Füßen zu. Immer mehr Krieger fluteten heran.

Und dann stand der erste von Thietmars Reitern vor uns. Er wendete sein Pferd und sprang auf Senja zu.

»Haha!« schrie er böse. »Du bist die Tochter Pribislavs! Ich werde ihm deinen Kopf bringen!«

Alexandra stand mit einem Satz bei ihr und fauchte:

»Verpiß dich, du Arsch!«

Der erhob sein Schwert über Senja.

Doch da war Jens schon heran. Mit beiden Händen umklammerte er das Schwert und holte zu einem Schlag aus, in dem all die Energie steckte, die er sein Leben lang nur für diesen einen Augenblick und nur für diese eine Frau aufgespart hatte.

Voller Wut und Verzweiflung sprang er dem Reiter entgegen. Sein Schwert sauste heulend in die Höhe. Schreiend krachte Stahl auf Stahl, Funken sprühten, und dann erstrahlte ein gleißender Lichtblitz.

Als wir uns wieder besonnen hatten, waren wir allein. Ringsum herrschte Stille.

Jens erhob sich und ergriff abermals sein Schwert.

»Wo steckt der Hund! Ich werde ihn lehren, was es heißt, Hand an mein Weib zu legen! Wo hast du dich verkrochen? Komm raus! Ich mach dich alle!«

Wir lachten vergnügt, während Jens noch wie bedeppert durch den Park rannte. Dann ließ er die Waffe fallen und fiel auf die Knie.

»Es ist vorbei! Mein Gott, es ist vorbei!«

Wie schrien hemmungslos in den strahlenden Himmel und hüpften durch den Park.

Nach einer Weile sammelten wir unsere Siebensachen ein und warfen sie auf das Fuhrwerk. Die Pferde tänzelten und wieherten fröhlich. Dann trabten sie friedlich über den Asphalt.

Ich warf einen Blick zurück auf den Parkplatz, aber unser Geländewagen war wirklich weg. Schade. Doch plötzlich ...

»Ach du Scheiße, wir haben vergessen, die zweite Kiste zu vergraben!«

Jens bekam große Augen. Doch Senja lächelte.

»Nein, nein, nicht vergessen. Diese Kiste ist das Hochzeitsgeschenk meines Vaters. Eine Hälfte für Jens und mich, die andere nachträglich für Alexandra und Tom ...«

Der Rest ging unter in unserem Geschrei.

»Ich will ein neues Auto«, hauchte ich benommen.

»Jaja«, sagte Alexandra und strich mir über den Kopf.

Jens rieb sich zufrieden die Hände.

»Die Kiste haben wir uns aber ehrlich verdient.«

Senja lehnte sich zurück und blinzelte in die Sonne.

»Wißt ihr eigentlich, *wen* unser Jens da beinahe aus dem Sattel gehoben hätte?«

»Na?«

»Das war Markgraf Thietmar persönlich.«

Jens erbleichte.

Déjà vu?

Der alte Heinrich kratzte sich nachdenklich am Bart.

»Tja, tja ...«

Und nach einer Weile:

»Eine ziemlich verrückte Sache, aber irgendwie ... hm, ist mir, als hätte ich vor langer Zeit einmal eine Geschichte gelesen, die sich mit eurer auf geheimnisvolle Weise zu kreuzen scheint.«

»In irgendeiner Chronik vielleicht?« fragte Jens. »Ich kann mir ehrlich gesagt auch nicht vorstellen, daß wir damals einfach sang- und klanglos vom Erdboden verschwunden sind, ohne daß sich jemand darüber Gedanken gemacht und diese aufgeschrieben hätte.«

»Du meinst Thietmar?«

»Zum Beispiel.«

Senja schüttelte den Kopf.

»Wohl kaum. Außer ihm und uns gab es keine Zeugen. Thietmar hätte es also selbst aufschreiben müssen, und ich glaube nicht, daß er überhaupt lesen und schreiben konnte.«

Heinrich winkte ab.

»In meiner Geschichte kamen weder eure Namen noch Teile der Handlung noch irgendein anderer Hinweis vor. Selbst in der Chronik von Widukind findet sich nicht der geringste Hinweis auf irgendein unheimliches Ereignis. Das ganze ist mir sowieso ein Rätsel.«

»Also mir nicht«, sagte Sarah. »Wir haben heute schon so viele Spukgestalten gesehen, ich wundere mich nun endgültig über gar nichts mehr.«

»Doch all diese Gespenster sind längst wieder im Nebel verweht«, sagte Heinrich finster. »Aber Senja – Senja ist noch da. Kein Gespenst also. Aber wer weiß? Vielleicht wird auch sie eines Tages ...«

Jens fröstelte und drückte sich an Senja.

»Jetzt beschrei' das bloß nicht. Es war schon mal kurz davor.«
Heinrich horchte auf.

»Das erinnert mich schon wieder an diese verfluchte
Geschichte. Da war so eine Andeutung. Aber es will mir einfach nicht einfallen, wo ich sie finden könnte. Am besten, ihr
erzählt mir davon. Ich habe das Gefühl, daß da noch ein ungelö-
stes Rätsel wartet, daß der Kreis noch nicht geschlossen ist.«

Nun wurde auch mir kalt. Ich kroch zu Alexandra unter den
Deckenberg. Wenn es Senja holt, dann holt es auch Alexandra,
dachte ich. Sie sah mich aus fiebrigen Augen an. Diesen Blick
hatte auch Senja, damals, an jenem nebligen Urlaubstag auf dem
See.

Das Ding im See

Der erste Morgen unseres Urlaubs war im Nebel steckengeblieben. Fahl mühte sich das Sonnenlicht durch die bleichen Schleier.

Ich wälzte mich im Halbschlaf hin und her. Jens weckte mich vorsichtig.

»Hast du eine Ahnung, wo Senja abgeblieben ist?«

»Sie hat sich nicht bei mir abgemeldet. Alex, weißt du vielleicht ...? Da, draußen rumort etwas, das wird sie hoffentlich sein.«

Senja stand wie ein Gespenst in der Tür und blickte ins Leere. Ihre Haare und Kleider klebten naß an ihrem Körper.

»Es ...«, flüsterte sie nur.

»Was *es*?« fragte Jens leise.

»Es hat mich gerammt, als ich mit dem Boot ... Ich wollte nur ein paar Fische zum Frühstück fangen, als es ...«

»Wer oder was ist *es*!«

Senja zitterte erbärmlich.

»Das weiß ich doch nicht! Es wollte mich aus dem Boot werfen und mich ...«

Alexandra nahm sie vorsichtig in den Arm.

»Nun komm doch erstmal aus deinen nassen Klamotten raus. Jens, Tom, steht nicht so sinnlos herum!«

Jens setzte Kaffee auf und ich schob Brötchen in die Backröhre. Dann saßen wir gemeinsam am Frühstückstisch. Senja hatte sich in eine dicke Decke eingewickelt, schien jedoch immer noch zu frieren. Jens legte ein Marmeladenbrötchen in ihre bleiche Hand.

Draußen pitschten vereinzelte Regentropfen in die traurige Stille. In der großen Pfütze auf der Terrasse bildeten sich Kreise.

Nach dem wir eine Weile schweigend gegessen hatten, fragte Jens: »Was ist denn nun genau passiert?«

Sie sagte eine Weile nichts.

»Es war etwas riesiges Schwarzes. Das Boot legte sich auf die Seite und ich fiel ins Wasser. Ich sah noch, wie ein finsterer Schatten unter mir wegtauchte.«

Wir schauten uns ungläubig an. Doch Senja erzählte weiter.

»Es gibt aus meiner Zeit eine Geschichte von einem Ungeheuer, welches in diesem See hausen soll. Es ist steinalt und macht sich nur sehr selten bemerkbar. Doch an ungewissen Tagen, da treibt es sein sonderbares Unwesen. Es soll Fischer gegeben haben, die es im Netz oder an der Angel hatten. Doch immer zerriß es die Netze und Schnüre und ward dann für viele Jahre nicht mehr gesehen.«

Jens blickte sie befremdet an.

»Aber Senja, diese Geschichte ist über tausend Jahre alt, dieses Ungeheuer müßte doch längst tot sein. Könnte es sich nicht um einen Balken oder sowas gehandelt haben? Manchmal treiben umgestürzte Bäume dicht unter der Wasseroberfläche entlang.«

Senja brauste nicht etwa auf. Nur ihr Blick wurde unendlich traurig. Sie stand auf und zog sich schweigend an. Mit einem Gummimantel unter dem Arm verließ sie den Bungalow. Kurz darauf hatte sie der Nebel verschluckt.

Ich stellte einen Topf mit Wasser auf den Herd. Jens hatte sich festgegrübelt.

»Glaubt ihr diese Geschichte etwa?«

Alexandra schnaufte unwillig.

»Jetzt ist aber genug! Benötigst erst du ein lebensgroßes Foto von dem Ding?«

»Wenn ich eine derartige Räuberpistole höre, dann hätte ich schon gern ein paar Beweise!« blaffte er zurück.

Alex stemmte die Fäuste in die Hüften.

»Aha! Und daß Senja hier plitschnaß ankam, reicht dir wohl nicht?«

»Nein, liebe Alexandra, das reicht mir nicht! Wir haben nur

gesehen, *daß* sie ins Wasser gefallen ist, aber nicht, wie und warum.«

Alexandra starrte ihn ungläubig an.

»Warum weigerst du dich so hartnäckig, zu sehen und zu hören, was wir eben alle gesehen und gehört haben? Willst du etwa behaupten, daß Senja sich sowas ausdenkt?«

»Nunja, ich habe den Eindruck, daß sie unter Verfolgungswahn leidet.«

Ich horchte auf.

»Verfolgungswahn? Und das erzählst du uns in einem lapidaren Nebensatz?«

»Ich wollte es eigentlich überhaupt nicht erzählen. In letzter Zeit häufen sich solche Sachen allerdings.«

»Was heißt das?«

»Letztens behauptete sie, beim Pilzesammeln einen riesigen Bär gesehen zu haben. Ich habe mir die Stelle angeschaut, aber da war nichts. Und nun soll angeblich schon wieder ein Ungeheuer aus der Vergangenheit erschienen sein.«

Alexandra wandte sich kopfschüttelnd ab.

»Aber anstatt mal nach den tieferen Ursachen zu forschen, versuchst du lieber, Erscheinungen Fleisch werden zu lassen, um sie dann – weil sie es natürlich nicht tun – als Hirngespinste hinzustellen.«

Jens war nicht wohl in seiner Haut.

»Ich habe mich am Ende sogar nicht entblödet, im Forstamt anzurufen. Aber wie vorauszusehen, haben die mich natürlich ausgelacht. Wißt ihr, wie peinlich das war?«

Um Alexandras Mundwinkel zuckte ein spöttisches Grinsen.

»Das schad' dir gar nichts. Auf so eine Idee kann auch nur ein Mann kommen. Großer Bär – Schießgewehr. Schon die Neandertaler ...«

»Jaja, ist ja gut! Jedenfalls habe ich nichts unversucht gelassen, um sicherzustellen, daß dieser Bär nie existiert hat. Jetzt kannst du dich gern mit der psychologischen Deutung beschäftigen. In euren Frauenzeitschriften soll ja viel Kluges darüber drinstehen.«

»Ich werd' dir gleich was ... – Tom, wo willst du denn hin?«

»Streitet euch ruhig noch ein bißchen. Ich gehe inzwischen Senja suchen.«

Ich goß das kochende Wasser in eine kleine Thermosflasche, steckte ein paar Teebeutel hinein und goß etwas Rum hinterher. Dann verschraubte ich die Flasche und machte mich auf den Weg zum See. Jens stand rauchend auf der Terrasse. Er wirkte sehr unentschlossen. Bald war der Bungalow hinter mir im Nebel verschwunden.

Langsam stapfte ich durch das nasse Gras. Merkwürdige Dinge fielen mir ein. Nicht weit von hier gibt es einen See, der über fünfzig Meter tief ist. Entstanden ist er durch Einbrüche unterirdischer Hohlräume. Vor rund tausend Jahren hat er sich während eines Erdbebens auf fast das Doppelte vergrößert. In jener Nacht versank auch ein Mühlengehöft mit Mann und Maus in den tosenden Fluten.

Ich dachte an Vineta, deren Glocken noch heute in stürmischen Nächten schauerlich unter Wasser läuten sollen. Auch Prozessionen mit viel Gepränge will man gesehen haben. Vor siebenhundert Jahren wurde die Insel Ruden durch eine Sturmflut von Rügen abgerissen. Die verschwundene Landbrücke ist noch heute in Seekarten als »Neues Tief« eingezeichnet. Lag dort einst Vineta?

Und ich dachte an die Schlacht, die Anno 929 vor unseren Augen an diesem See stattgefunden hatte.

Es ist eigenartig: Alle Dinge scheinen sich auf das Wasser zuzubewegen, um eines Tages darin zu versinken. Manch einen gar treibt es magisch in die kalte unbarmherzige Tiefe.

Ich setzte mich ins Boot, das leise glucksend neben dem Steg schaukelte. Es regnete wieder etwas mehr und so zog ich mir die Kapuze meiner Gummijacke über den Kopf. Entspannt lauschte ich dem monotonen Rauschen des Regens auf der Seeoberfläche. Darunter ... was mag dort vor sich gehen? Was lauert dort, in dieser Welt ohne Licht?

Ich schaute auf. Am Anfang des Bootsteges stand eine neblige Gestalt.

»Alex?« rief ich.

Die Gestalt kam näher. »Nein, ich bin's, Senja.«

»Ich wollte dich gerade suchen. Warum geisterst du hier umher?«

»Kommst du mit auf den See?«

»Kleine Senja, was ist denn los?«

»Tom, bitte, laß uns hinausfahren.«

Hm. Ich löste die Seile. Langsam trieb das Boot auf den See. Wieso eigentlich? Es wehte doch gar kein Wind? Gemeinsam ruderten wir ein Stück und waren bald auf der Mitte des Sees angelangt. Senja zog ihren Riemen aus dem Wasser.

Diese Stille. Nur das gleichmäßige Prasseln der Regentropfen.

»Hier sind wir weit weg«, hörte ich Senja sagen. Ich blieb stumm.

»Als ich vorhin ins Wasser gefallen bin«, sprach sie weiter, »hatte ich das Gefühl, meinen Ahnen nahe zu sein. Es war, als hätten sie mich gerufen und wollten mich liebevoll in ihre Arme nehmen.«

Ich erschauderte. Was redete sie da?

»Willst du nach Hause?«

»Ja, ganz weit weg.«

»Zu deinen Ahnen?«

Sie überlegte.

»Wenn's doch so einfach wäre ...«

Ich lauschte wieder in den Regen. Um Gottes willen, Senja!

»Du kannst doch jetzt nicht aufgeben! Nach all dem!«

Senja sah mich lange an.

»Hast du überhaupt eine Vorstellung, was hier tagtäglich auf mich einstürmt? Und wieviel ich davon verstehe?«

Sie wischte sich eine nasse Haarsträhne aus dem Gesicht und zog sich die Kapuze über den Kopf. Dann starrte sie in das Grau, als suche sie dort etwas.

Plötzlich sprang sie von der Bank und kauerte sich auf den Boden des Bootes. Ihre kleinen Hände krallten sich um die Latten des Bodenrostes.

»Senja, was ist denn?«

»Das Ungeheuer! Es hat uns schon wieder gerammt! Los runter mit dir, sonst ...«

Was redete sie da?

»Senja, es war nichts!«

Allmählich löste sie ihren Griff.

»Aber ich habe es doch genau ...«

Wieder schwiegen wir lange. Nach einer Weile zog ich die Thermosflasche aus der Regenjacke. Ich reichte ihr den Becher.

Senja sah unschlüssig in den Regen.

»Und du hast wirklich nichts gemerkt? Was ist bloß los mit mir?«

Ich füllte abermals den Becher. Heiß rieselte der Rum in mir herab. Lange schauten wir auf den See, dessen Oberfläche sich allmählich zwischen Wind und Wetter verlor.

Plötzlich dröhnte ein dumpfer Schlag durch das Boot. Wir sahen uns an. Da! Schon wieder!

Ich ergriff ein Paddel und schlug damit aufs Wasser. Senja war auf der Stelle wieder klar.

»Schluß jetzt!« schrie sie. »Nichts wie weg hier!«

Doch in welche Richtung? So sehr ich auch in die herabrauschenden Fluten starrte, ich konnte beim besten Willen kein Ufer mehr erkennen. Verflucht!

»Von wo sind wir gekommen?«

Senja erschrak.

»Von dort?«

Gleichzeitig wies ich in die entgegengesetzte Richtung.

»Dann muß sich das Boot ganz langsam gedreht haben.«

Und wo ist das Ungeheuer? Senja packte mich am Arm. Aus dem Grau schob sich langsam, aber kraftvoll ein finsterer Schemen heran – genau auf uns zu. Doch da glaubte ich Rufe zu hören. Das waren Alex und Jens in einem Boot!

»Paßt bloß auf, es hat uns gerade angegriffen und ist noch in der Nähe!« schrien wir. Kurz darauf gingen sie längsseits. Jens warf ein Seil herüber, mit welchem wir unsere Boote vertäuten.

Er schien wie verwandelt.

»Worauf warten wir dann noch! Auf in den Kampf!«

»Was ist denn nun auf einmal los?«

»Papperlapapp. Ich bin schließlich nicht blind. Seht mal, was ich bei uns im Schuppen gefunden habe.«

Er wies auf den Boden des Bootes. Dort lag eine alte, äußerst stark gebaute Angel mit einer klobigen Rolle, auf der eine dicke Sehne aufgewickelt war. An deren Ende hing ein Vorfach aus Stahl mit einem riesigen Drillingshaken.

»Na? Was sagt ihr dazu? Hier ist was oberfaules im Gange. Aber was *ganz* oberfaules!«

»Na endlich ist er wieder der alte«, raunte Senja mir zu.

»Habt ihr wenigstens einen Bootsmotor mitgebracht?«

»Sowas existiert hier nicht. Haben wir auch nicht nötig. Es wird gerudert, Mann gegen Mann!«

»Jens!« schrie Senja. »Das hier ist nicht Markgraf Thietmar, der in voller Lebensgröße vor dir auf dem Pferd sitzt! Das da sieht *uns*, aber wir sehen *es* nicht! Deinen eigenen Worten zufolge jagst du ein Hirngespinst! Vergiß das nicht!«

Auha. Ich stieg zu Jens ins Boot. Schwere Tropfen prasselten auf uns herab.

»Habt ihr überhaupt Würmer mit?«

Alex hielt eine Packung Wiener Würste in die Höhe und grinste schief.

Jens erhob die Angel.

»Mönsch, ist das lange her. Ich muß erstmal ein paar Probewürfe machen.«

Dann sauste ein Hieb durch die Luft. Nicht weit von uns klatschte das Blei ins Wasser.

»Zu leicht.«

Ich griff nach den am Boden umherliegenden Bleistückchen und warf sie ihm zu. Dann ließ ich den Anker an seiner Kette in die Tiefe rasseln.

Jens wog das Vorfach in den Händen.

»So, jetzt paß mal auf. Das schmeiße ich aus dem Handgelenk bis ans Ufer.«

Ich schlug die Zähne aufeinander.

»Na, dann los.«

Die Bleikette mit dem schweren Drillingshaken flog in den Regen. Jou, das war weit genug, um dem Biest ein Würstchen vors Maul zu werfen. Doch da geschah etwas merkwürdiges.

Jens stolperte zum Heck.

»Was soll das! Hast du den Anker nicht –?«

»Quatsch' nicht! Es hat angebissen! Auf den blanken Haken!«

Jens riß die Finger von der Angelsehne, die mit einem gefährlichen Geräusch durch die Ösen sauste. Der Vorrat an Schnur nahm schnell ab. Mit leeren Augen starrten wir auf die Rolle. Eine Lage nach der anderen flog herunter. Gleich ist es vorbei.

»Jens! Tu etwas! Bremse ihn!«

»Bremsen? Bist du wahnsinnig? Bete! Bete, das das Ufer näher ist als die Schnur lang!«

Die Ersatzrollen! Schnell griff ich zwischen der Rolle und der ersten Öse nach der Sehne und zog eine Schlaufe heraus. Das Etwas verlor an Geschwindigkeit, sodaß das herausgezogene Ende immer länger wurde. Als ich die gesamte Schnur von der Rolle gerissen hatte, zog ich mein Messer aus der Tasche und durchtrennte sie. Dann knotete ich das Ende der Ersatzrolle daran. Die Schlaufe war inzwischen wieder sehr kurz geworden.

Zonk! Die Sehne straffte sich und die Rolle in meinen Händen begann sich wie rasend zu drehen. Nach wenigen Sekunden hatte ich Verbrennungen an dem Finger, den ich durch die Rolle gesteckt hatte.

»Scheiße!« brüllte ich vor Schmerz. Dann ließ ich sie fallen. Die Rolle tanzte wie wildgeworden am Boden des Bootes umher. Jens trat mit dem Fuß darauf, doch die Rolle sprang zur Bordwand und riß ihm die Beine weg. Krachend und fluchend fiel er auf die Holzroste am Boden.

»Dieses Aas!«

Glücklicherweise lief die Sehne glatt ab, sodaß die Rolle nicht aus dem Boot flog. Dann plötzlich war Stille. Wir hechteten uns auf die reglos daliegende Rolle.

»Los, spule sie ganz ab!« flüsterte Jens. Langsam zog ich die Sehne von der Rolle herunter und ließ die Schlaufe ins Wasser fallen. Bald darauf hielt ich das Ende in der Hand. Ich knotete es an das kurze Stück Sehne, welches sich noch auf der Angelrolle befand. Jens klappte den Bügel über und begann vorsichtig zu kurbeln. Ich ließ die Sehne straff durch die Finger laufen, damit sich keine Knoten bilden konnten.

»Wieviel Meter haben wir jetzt insgesamt?«

»400.«

»Das müßte bis zum Ufer reichen. Los, weiterkurbeln, wir brauchen jeden Meter!«

Nach einer Weile glitt der Knoten an der Rute herab, an dem ich die zweite Schnur eingefügt hatte.

»Es kommt direkt auf uns zu. Was soll ich denn jetzt machen?«

»Jens, kurble! Woher soll ich denn das wissen?«

»Scheiße.«

Der Winkel, mit dem die Sehne ins Wasser tauchte, wurde immer steiler. Jens legte den zweiten Gang ein und rollte hastig die Sehne auf.

»Dieses verdammte Aas! So schnell kann doch keine Sau ...«

»Halt Er die Schnur straff, Kerl! Wehe, wenn sie sich jetzt am Seeboden verfängt!«

»Hör auf zu sabbern! Siehst du nicht, daß die Rolle zu klein für die doppelte Menge Schnur ist? Jetzt laß dir mal was einfallen!«

»Ich könnte ja wieder eine Schlaufe herausziehen. Bloß wohin damit?«

»Gib her«, sagte Alexandra, »wir fahren das Ding spazieren.«

Wir lösten das Seil, das bisher beide Boote zusammengehalten hatte. Senja und Alex ruderten langsam davon. Gerade noch in Sichtweite machten sie Halt.

Dann warteten wir, denn weiter geschah vorerst nichts. Die Sehne hing nur leicht durch. Was tut es jetzt? Was denkt es sich als nächstes aus?

»Mach mir mal eine Zigarette an«, flüsterte Jens. Dann rauchten wir schweigend.

Stark zur Seite geneigt – wie von Geisterhand – zog plötzlich das Boot mit den beiden Frauen an uns vorüber. Senja fummelte hastig an der Bordwand herum.

»Was ist denn jetzt wieder los?« rief ich verzweifelt.

»Wir haben die Sehne durch einen Ring an der Bordwand gezogen und durch den Ruck hat sich der Knoten so fest gezogen, daß wir ihn nicht mehr aufbekommen!« hörte ich Alex rufen.

»Das kann doch wohl alles nicht wahr sein!« tobte ich. Mein Gehirn arbeitete fieberhaft. Das ist doch ein Holzkahn. Abschrauben – den Ring abschrauben!

»Soll ich euch einen Schraubenzieher rüberschmeißen?« schrie ich in den Regen.

»Nee, nee, auf die Idee sind wir inzwischen auch schon gekommen. Aber die Schrauben sind dermaßen verrostet, die drehen

113

sich nicht mehr«, kam es von dort zurück.

Puh, Mädels, dann sägt eine Ecke aus der Bordwand oder was weiß ich. Hat das Biest eine Kraft! Zieht ein ganzes Boot!

»Hau das Scheißding mit dem Hammer ab!« schrie ich entnervt.

»Bleibt cool, Jungs«, konnte ich gerade noch hören, dann verlor sich die Sehne wieder im grauen Nebel.

Ich vernahm ein Klicken. Jens hatte den Bügel der Rolle wieder beiseite geklappt und die Schnur glitt nervenzerfetzend langsam herunter.

»Gehe ich recht in der Annahme, daß sich die Schnur jetzt längst zum Ufer bewegt?«

»Keine Ahnung, aber wenn, dann sind es bis zum See-Ende noch drei Kilometer.«

»Das hat uns gerade noch gefehlt. Jetzt stehen wir genau so blöd da wie vorher.«

Unser Schnurvorrat schrumpfte wieder zusehends dahin. Aber irgendwie verlangsamte sich die Flucht des Wesens. Auch Jens schien es bemerkt zu haben. Ich sah, daß er die Rücklaufsperre der Rolle gelöst hatte. Dann riß er die Angelrute nach oben und gleich wieder herunter. Für einen Sekundenbruchteil hing die Schnur durch – Zeit genug, um den Bügel vor die Rolle zu klappen.

Augenblicklich begann sich die Kurbel rückwärts zu drehen. Jens ergriff sie und rang nun um jeden Zentimeter Sehne. Aber es war aussichtslos.

»Was soll ich denn sonst machen?« jammerte er. »Noch dreißig Meter Schnur, dann ist Titte!«

Ich starrte auf die Ankerkette. Jetzt aber schnell hoch mit dem Aas. Doch was war das? Der Anker hatte sich am Seeboden verhakt.

»Lieber Gott, laß den Anker los!« schrie ich außer mir.

Jens lachte schrill.

»An den hat sich der Teufel und seine Großmutter gehängt.«

»Die zerr' ich raus aus ihrem Loch!« tobte ich. Möglicherweise hatte diese Drohung Wirkung, jedenfalls löste sich der Anker schwerfällig aus dem klebrigen Untergrund. Das Heck des Bootes, das ich in meiner Wut fast unter Wasser gezogen hatte, hob sich erleichtert aus den Fluten. Der Anker polterte über die Bordwand. Ich griff an die Angel, die wir nun zu zweit festhielten. Dann gab es einen leichten Ruck.

Die Rolle an der Angel war leer.

Langsam setzte sich unser Boot in Bewegung.

»Sieh dir das an«, flüsterte Jens. »Es zieht uns alle vier. Es zieht zwei Boote! Das ist zuviel. Tom, dieses Viech schaffen wir nie.«

Doch nach wenigen Augenblicken hatte sich auch dieses Problem wieder gelöst. Unsere Fahrt hörte abrupt auf und die Sehne hing schlaff von der Angelspitze herab.

»Er ist abgerissen.« Ich griff nach der Rolle und kurbelte wie um mein Leben. Doch ich spürte tatsächlich keinerlei Widerstand. Verfluchter Spuk! Doch nach etwa 150 Metern Sehne begann etwas, sich meinem Tun entgegenzustellen. Schnell nahm die Gegenkraft zu und gleich darauf war Schluß. Nichts ging mehr. Die Angelrute bog sich knarrend. Nur, ich spürte keine Kraft, die jetzt noch an ihr zog. Langsam glitt unser Blick an der Rute empor ...

Nein!

Vor der ersten Öse hatte sich der vom anderen Boot abgeschraubte Metallring quergelegt.

»Jens, wir haben heute kein Glück. Das Monster rollt sich in exakt 200 Metern Entfernung vor Lachen auf dem Seeboden.«

Ich zog die Schnur mit den Händen aus dem Wasser, dann schnitt ich den Ring mit dem Messer heraus. Kaum hatte ich die beiden Enden wieder verbunden, flog mir der Knoten aus der Hand.

»Jens!«

Der hatte sofort reagiert und den Bügel herumgeworfen. Gebannt starrten wir auf die Sehne. In kurzen Schüben sprangen die Schlaufen herunter. Hm, das sieht aus, als ob jemand ...

»Siehst du auch, was ich sehe?« flüsterte ich.

»Ja«, hauchte Jens.

»Laß uns den Bügel wieder vorklappen. Mal sehen, was passiert.«

Nachdem wir das getan hatten, hielten wir wieder zu zweit die Angel fest. Und nun spürten wir es beide: Irgend etwas zog in gleichmäßigen Abständen an der Schnur.

Ich drehte langsam an der Kurbel. Die Sehne ließ sich aufrollen, und die regelmäßigen Züge wurden seltener.

»Hier, halte du die Angel.« Mit den Händen führte ich die Sehne heran, während Jens hinter mir stand und sie aufrollte.

»Ich habe eine ganz böse Ahnung«, flüsterte ich gereizt.

»Da!« schrie Jens, und das blanke Entsetzen stand in seinem Gesicht. »Da ist etwas!«

Und auch ich konnte es sehen. Wir zogen ein dunkles Etwas zu uns heran.

»Das sieht aus wie eine Seeschlange.«

»Liegt das Beil bereit?« fragte Jens mit zitternder Stimme.

»Jaja«, krächzte ich. Und das Ding kam näher und näher.

Da hörte ich etwas – und schoß in die Höhe.

»Alex!«

»Jaaa!« hörte ich von Ferne. »Zieht doch, um Himmels willen!«

Für ein paar Schläge setzte mein Herz aus.

»Sie ist aus dem Boot gefallen! Jens, zum Teufel, kurble!«

Blitzschnell hatte der wieder den zweiten Gang eingelegt und leierte wie Irrer. In seinen Augen las ich nur eines: Und wo ist Senja? Die Sekunden verstrichen wie Stunden.

Alexandra hatte die Sehne zu fassen bekommen und wollte

sich an ihr zu unserem Kahn heranziehen. Doch die Schnur quoll schon kreuz und quer über den Rand der Rolle.

Jens keuchte.

»Ich kann nicht mehr. Dieses Gestrüpp läßt sich nicht mehr drehen.«

Verzweifelt warf er die Angel hin, und wir zogen mit der Hand weiter. Dann hoben wir Alexandra aus dem Wasser.

Jens schüttelte sie.

»Wo ist Senja!«

»Laß sie los!« Ich preßte sie an mich. Ihre Zähne schlugen aufeinander. Wie ein kleines Tier, dachte ich, und griff in ihr gesträubtes Nackenfell.

»Ich habe es gesehen«, flüsterte sie mit irrsinnigem Blick. »Es ist gigantisch!«

»Nein!« Jens faßte sich an den Hals und begann, sich die Sachen vom Leibe zu reißen.

»Jens!« schrie ich. »Hör auf! Bist du wahnsinnig?«

Mein Blick schoß zur Angel.

»Nur noch hundert Meter! Jens, wenn wir es schon nicht zu uns ans Boot zerren können, dann ziehen wir uns eben zu ihm heran!«

»Laß mich los!«

»Nimm Vernunft an! Das geht schneller als hinschwimmen!«

»Du sollst mich loslassen! Ich will nicht zu dem Viech, ich will zu Senja!«

Doch dann kniete er an der Bordwand, schaute an der Angelsehne entlang auf den See und begann zu ziehen.

»Ruhig, kleine Senja, keine hastigen Schwimmbewegungen, keine Angst zeigen. Es darf nicht denken, du seist ein krankes Fischchen, eine leichte Beute ...«

Da erschien etwas im Nebel. Zuerst sahen wir, wie sich das Boot mit Senja auf einem riesigen schwarzen Rücken aus dem Wasser hob. Neben ihr tauchte ein vermoderter Baum auf. Das

Boot geriet ins Rutschen und glitt lautlos ins Wasser. Hastig zog Senja das andere Ende der Schnur zu sich heran. Immer wieder drehte sie sich um. Und dann geschah es.

Auf dem schwarzen Rücken des Untiers bildete sich eine riesige Beule. Sie platzte mit einem schmatzendem Geräusch und an ihrer Stelle öffnete sich ein grauenvolles zahnloses Maul. Senja würde samt Boot hineinpassen. Schlamm quoll aus dem Rachen des Ungeheuers, durchsetzt mit Knochen und Totenschädeln. Die Bestie kotzt sich aus! Doch dann fiel das Ungeheuer wie eine riesige Qualle in sich zusammen und versank in der Tiefe.

Wir hatten völlig entseelt weitergezogen und Senjas Boot kam endlich längsseits. Jens sprang hinüber. Um uns brodelte das Wasser und förderte stinkende Fetzen des Ungeheuers zutage. Es schien, als hätte es eine Bombe gefressen, die eben in seinem Innern explodiert war.

Hinter uns tauchte etwas Riesenhaftes aus dem Nebel. Es sah aus wie ein gigantischer Tintenpilz. Doch Senjas geübtes Auge hatte die Erscheinung schnell enträtselt.

»Das ist die große Trauerweide neben unserem Steg! Dort ist das Ufer!«

Sofort begannen wir zu rudern. Um uns trieben zahllose schwarze Fetzen des Untiers. Mit einem Ruderschlag hob ich ungewollt einen dieser Fetzen aus dem Wasser, der auf dem glatten Holz zu mir heranglitt und patschend gegen die Bootswand schlug. Voller Ekel betrachtete ich das Stück.

»Das sind ja Algen!«

Da fielen weiße Lichtkegel aus dem nebligen Himmel zu uns herab und tasteten sich suchend über den See.

»Ruhe!« schrie Alexandra. »Hört ihr? Ein Hubschrauber!«

Das Brummen wurde lauter, dann senkte sich ein grauer Schemen herab. Eine Lautsprecherstimme ertönte. Am Ufer standen mehrere Autos mit drehenden Blaulichtern. Ein Boot wurde abgeladen und eilig zu Wasser gelassen. Wir hörten, wie ein Motor angeworfen wurde, dann raste das Boot hinaus auf den See. Endlich erreichten wir das Ufer und wankten zu den Fahrzeugen. Dort nahm man uns mit Decken und heißen Getränken in Empfang. Mit leeren Augen saßen wir in einem Kleintransporter und starrten durch die offene Tür nach draußen. Dort liefen vermummte Gestalten mit Meßgeräten umher.

»Hallo«, rief Senja zaghaft. Eine der Gestalten blieb stehen. »Ist sie wieder weg?« fragte Senja. Die Gestalt stellte das Meßgerät ab und trat heran.

»Ich verstehe Ihre Frage nicht ganz.«

»Die Toteninsel! Ist sie wieder untergegangen?«

Jens erwachte aus seiner Lethargie. »Senja!« zischte er. »Laß mich!« rief sie trotzig. Die Gestalt hatte sich inzwischen in die Tür gesetzt, nahm die Kapuze ab und schüttelte ihr langes blondes Haar. Dann berichtete Senja atemlos, was wir erlebt hatten.

»... und am Ende ist die Toteninsel dem Wasser entstiegen. Ich habe sie gesehen, die Gebeine der Ertrunkenen! Und dann versank alles wieder für die nächsten tausend Jahre in der Tiefe.«

Die Frau lächelte.

»Das haben Sie eben sehr poetisch ausgedrückt, aber im großen und ganzen trifft es zu. Prosaisch gesagt, war es eine Faulschlamm-Eruption. Einige Meter über dem Seeboden bildet sich über Jahrhunderte hinweg eine dicke undurchdringliche Schicht aus abgestorbenen Organismen. Darunter sammeln sich allmählich allerlei Gase und wenn genug davon vorhanden ist, heben sie die Schlammschicht langsam empor. An der Stelle, unter der sich das meiste Gas befindet, bildet sich bald eine Art Beule. Dort strömt dann das gesamte Gas zusammen, sodaß die Beule immer schneller nach oben steigt. Der ganze See gerät in Bewegung, starke Wirbel und Strömungen drehen alles durcheinander. Irgendwann ist der Druck so stark, daß diese Blase platzt. Und dann reißen die ausbrechenden Gase alles mit sich:

Schlamm, Steine, sogar untergegangene Bäume – tja, und wohl auch die Toten. In der Schlacht bei Lenzen sollen ja Tausende hier im See umgekommen sein. Insofern stimmt Ihre Geschichte. – So, aber das ist alles über tausend Jahre her, und Sie sollten jetzt nicht weiter solche finsteren Geschichten ausgrübeln, sondern wieder zu Kräften kommen. Wenn Sie möchten, lasse ich Sie in einer halben Stunde nach Hause fahren.«

»Nicht nötig, wir wohnen gleich da vorn im Bungalow«, sagte Senja. Dann erhoben wir uns ächzend und trabten müde von dannen.

Im Bungalow angekommen, kauerten wir uns an die Heizung und schlürften heißen Tee.

»Siehste«, sagte Jens zaghaft, »nun hat es sich doch als natürlicher Vorgang entpuppt. Kein Ungeheuer, das dich fressen wollte.«

Senja verkroch sich tiefer in ihrer Decke.

»Aber warum ist das ausgerechnet jetzt passiert? An dem Morgen, an dem ich nach über tausend Jahren das erste Mal wieder auf diesen See hinausgefahren bin?«

Tagebuch und Drachentrank

Heinrich war ganz in Gedanken versunken. Doch plötzlich schreckte er hoch.

»Ich glaube, jetzt hab ich's.«

Er erhob sich, ging in sein Bücherzimmer und kam mit einem alten Lederbändchen zurück. Es sah aus wie eines von Großvater Wilhelms Tagebüchern.

»Ein Griff hat genügt. Manchmal kommt man nicht auf das naheliegendste. – Alexandra?«

Langsam drehte sie ihre fiebrigen Augen.

»Ja?«

»Ich fand hier vor vielen Jahren eine eigenartige Eintragung, die ich mir lange nicht erklären konnte. Ich kann nur vermuten, daß Großvatern auf irgendeine Weise ein merkwürdiges altes Schriftstück in die Hände geraten war. Das hat er sich von der alten Hexe Paschen vorlesen lassen und den Inhalt hier niedergeschrieben.«

»Soll ich das jetzt vortragen?«

»Ja, denn ich denke, du bist die einzige, die uns diese Geschichte deuten kann. Aber ich werde dir zuvor eine Medizin mischen.«

Heinrich schlurfte zum Tresen klingelte dort mit diversen Gläsern und Fläschchen herum. Hin und wieder kicherte er, dann kam er mit einem großen dampfenden Glas mit goldener Flüssigkeit zum Vorschein.

»So, das wird dir gut tun.«

»Was ist das?«

»Bärenfang.«

Alex schnupperte.

»Aha, kenn' ich gar nicht. Muß ich das jetzt trinken oder mich damit einreiben?«

»Trinken. Das gibt dir die Kraft des großen Drachens«, feixte ich. Ihre Augen schossen Blitze nach mir. Dann nahm sie einen langen Schluck und die Blitze wurden stärker. »Hhhhhh«, keuchte sie. »Danach kann man ja wirklich Feuer speien. Puh, aber das Zeug hilft tatsächlich. Was ist denn da alles drin?«

»Och jo«, murmelte Heinrich und tat, als hätte er die Frage nicht gehört. Dann gab er ihr das Büchlein.

Ansgar

Niemand weiß mehr zu berichten, wer den Gedanken als erster aussprach, daß tausend Jahre, nachdem Gott seinen Sohn auf die Erde geschickt hatte, um sie zu erretten, er anhub, sie wieder zu vernichten. In der Nacht zum 1. Januar des Jahres 1000, so verkündeten die Prediger im Lande, sollte das Jüngste Gericht mit Feuer und Sturm über die Erde hinwegfegen.

Mehr und mehr verbreitete sich die Kunde vom bevorstehenden Untergang der Welt. Zu allem Unglück, auseinandergetragen von den umherirrenden Menschen, brach aus allen Poren der geschundenen Erde die blutige Pest hervor. Scharen von Veitstänzern zogen schreiend und weinend in die finsteren herbstlichen Tage. Durch die Mauern der mächtigen Kathedralen dröhnten gewaltige, nicht enden wollende Choräle. Tag und Nacht, seit Wochen schon, läuteten die Glocken von allen Kirchtürmen. Die Glöckner hingen in den Seilen der Geläute, bis sie vor Erschöpfung zusammenbrachen, worauf sofort andere ihre Stelle einnahmen. Vom ständigen Läuten hatten einige Glocken Risse bekommen, sodaß ihr Klang immer unwirklicher und schauriger wurde.

In den Flüssen trieben die Körper der Toten – Pestleichen, denen man sich schnell entledigen wollte, Menschen, die die Furcht vor dem Jüngsten Gericht ins eisige Wasser getrieben hatte und auch die Körper derjenigen, die in den Wirren der letzten Tage entleibt wurden – sei es, daß sie in einer der nun überall ausbrechenden Streitigkeiten erschlagen wurden oder sich im Wahn zu Tode gegeißelt hatten. Als am Abend des 12. Dezember des Jahres 999 ein Komet am stürmischen Himmel auftauchte, waren auch die letzten Zweifler davon überzeugt, daß das Ende der Welt gekommen war.

In jener Nacht, die sich wie eine bleierne Grabplatte über das Land gelegt hatte, befahl Adalbert, Bischof von Bremen, seinen treuesten Diener Ansgar zu sich in sein Gemach. Adalbert war wohl einer der letzten, die sich dem Wahn noch zu entziehen vermochten. Er war vielmehr von der Idee durchdrungen, seinem Gott bis zur letzten Stunde zu dienen und möglichst viele Menschen davor zu bewahren, in die Hölle geschleudert zu werden.

Der Mönch Ansgar sollte daher ins Land östlich der Elbe reisen. Dort hatten auf einem schmalen Uferstreifen deutsche Siedler Fuß fassen können, doch nur einen halben Tagesmarsch weiter ostwärts begann das Reich der heidnischen Slawen. Waren bisher alle Bekehrungsversuche letztendlich fehlgeschlagen, so glaubte Adalbert nun, die Slawen angesichts des Weltunterganges doch noch zu seinem Gott bekehren zu können.

Am Morgen des nächsten Tages band Ansgar sein bescheidenes Bündel auf seinen getreuen Esel Esop und machte sich auf die Reise. An den Bäumen, die seinen Weg säumten, baumelten die krähenzerfressenen Leichen der Erhängten. Doch Ansgar war nicht von der Art, sich davon beeindrucken zu lassen. Hatte er doch vor vielen Jahren noch mit dem Schwert an den Kreuzzügen gen Osten teilgenommen und hatte dabei weit furchtbareres gesehen. Nein, Ansgar war fest entschlossen, sich der Apokalypse entgegenzustellen oder ihr doch zumindest zu entgehen. Auch Bischof Adalbert wußte, daß Ansgar noch im letzten großen Feuersturme auf seinem Wege voranschreiten würde.

Ansgar hatte die Bücher gelesen, die vor der Bibel geschrieben wurden. Er kannte Ea, den Vater aller Götter, von dem im Lande Sinear bereits vor vielen tausend Jahren erzählt wurde, daß er und nicht Gott die Welt erschaffen habe. Auch aus alten nordischen Legenden wußte er, daß die Welt zwar eines Tages im Kampf zwischen guten und bösen Mächten zugrunde gehen wird, daß danach aber auf den Trümmern des Alten etwas völlig Neues entstehen würde.

Doch auch Ansgar war letztendlich der Ansicht, daß nur sein Gott über die Welt – und damit also über das Land der Slawen – herrschen dürfe. Und so war er guten Mutes.

Noch während Ansgar auf seinem Esel Esop dem Westufer der Elbe entgegentrabte, eilte ihm eine unheilvolle Kunde entgegen. Im Reiche der Slawen hatte eine mächtige Schamanin große Macht an sich gerissen. Ihr Name war Aena. Niemand hatte bisher von ihr gehört und niemand konnte bisher in Erfahrung bringen, wer sie war und woher sie kam. Dennoch enthielten die Nachrichten vom anderen Ufer ein Fünkchen Gutes: Auch die Slawen schienen sich vor dem Weltuntergang zu fürchten. Dies wohl wird Aenas Aufstieg zur Macht befördert haben.

Und auch Aena, so vermeinte Ansgar aus den Geschichten herauszuhören, wollte sich dem Untergang des Universums entgegenwerfen. Doch nicht mit Hilfe ihrer Götter – Aena beschwor vielmehr etwas Unaussprechliches, Undenkbares – einen Teufel, den sich selbst Ansgar bisher noch nicht vorzustellen vermochte.

Und das, obwohl Ansgar all dem Fremden gegenüber verständig genug war, um darüber nachzudenken. Er entzog sich nicht der Magie der uralten Götter, die einst in seinem eigenen Lande regierten. Nicht nur Wodan und Donar schlichen sich gelegentlich in seine Gedanken, wenn er über den Sinn der Welt nachsann, nein, viel weiter zurück streifte sein Geist, zurück zu jenen Totem-Wesen, die in grauer Vorzeit über die Menschen herrschten.

Kein Bildnis war von ihnen geblieben, nur finstere Legenden hatten die Jahrtausende überdauert. Ansgar ahnte, daß all diese Wesen aus der Vorzeit sich in dem neuen – seinem – Gott vereinigt hatten. Um sein wahrhaftiges Wesen ergründen zu können, hatte sich Ansgar oft in ketzerischen Schriften vergraben. Bischof Adalbert hat dies wohl gewußt, doch ließ er seinen Knecht gewähren, da er Ansgar als überaus klugen Kopf schätzte und sich aus dieser ungewöhnlichen Quelle noch so manche

Erleuchtung erhoffte.

Alles in allem schienen die bleigrauen Tage vor dem Neujahrstag des Jahres 1000 gezählt, wenn nicht eine lichte Idee sich Bahn brechen konnte. Den Mächtigen in den finsteren Mauern und Türmen wurde immer mehr gewahr, daß sich die Welt im Angesicht ihres Unterganges nicht mehr mit dem bisherigen Wissen erklären ließ, daß also nunmehr auch Raum für Neues gelassen werden mußte. Zu sehr trieb sie das Grauen vor dem Jüngsten Gericht, als daß sie sich diesen Dingen hätten widersetzen wollen.

Doch Ansgar wußte, daß es nicht genügen würde, die richtigen Eingebungen zu haben. Am anderen Ufer stand Aena, die ihm etwas entscheidendes voraus hatte. Er erinnerte sich der Berichte des Tacitus über die Germanen, bei denen Frauen als Seherinnen und Zauberinnen große Hochachtung genossen und daß sie in ihrer Tapferkeit im Kampfe den Männern in nichts nachstanden. Nun lebten die Slawen noch auf der Kulturstufe, die Tacitus vor fast tausend Jahren beschrieb und deswegen fürchtete er insgeheim Aenas Macht und Intuition.

Was Ansgar zu der Zeit, als er endlich einsam am Ufer der Elbe stand, nicht wußte, war, daß auch Aena die Kunde seiner Ankunft bereits zugetragen ward. Der Stern, der in der vorigen Nacht am Himmel aufgetaucht war, verhieß also in der Tat nichts Gutes.

Ansgars Bericht fand ich in Runen niedergeschrieben. Dies war wohl nicht ganz ungewöhnlich in jener Zeit, riet doch der Bischof von Poitiers einst seinem Freund: »Schreib die barbarische Rune getrost auf eschene Tafeln! Was der Papyrus vermag, tut auch der geglättete Zweig!«

Nun lag dies jedoch schon wieder 500 Jahre vor Ansgar, sodaß es mir doch einen tieferen Sinn haben wollte. Ansgar, so meinte ich, schien seine Aufzeichnungen vor den Augen seiner Zeitgenossen verschlüsselt zu haben. Außerdem deutet sein Name darauf hin, daß er einst im Lande der Normannen geboren wurde, deren Nachkommen die Kunst der Runen noch bis in unsere Tage beherrschten.

Das bisherige habe ich aus dem Gedächtnis nach dem Bericht der alten Paschen aufgeschrieben, doch das nun folgende hat sie mir wörtlich übersetzt:

... am Morgen des 15. Dezember im Jahre des Herrn 999 hatte ich das Ufer der Elbe an der alten Furt Lunkin erreicht. Langsam trabte mein Esel Esop durch den bleiernen Strom dem anderen Ufer entgegen. Derweil sann ich über das nach, was mich dort erwarten würde. Als erstes wollte ich mein Bündel in den Mauern der Feste in Lunkin ausrollen, welche als einer der wenigen Plätze noch fest in der Hand der Meinigen war. Um die Burg herum siedelten noch einige Bauern, doch in den Wäldern hinter ihren Feldern, fast in Sichtweite, begann des finstere Reich der Slawen. In klaren Nächten konnte man die wilden Gesänge ihrer Priester aus den Tempeln vernehmen, und der Himmel war rot vom Schein der Opferfeuer.

In meinem Gewande trug ich einige Pergamente, in denen mein Herr, der ehrwürdige Bischof Adalbert in Bremen, meine besonderen Vollmachten mit seinem Siegel beurkundet hatte. So konnte ich doch hoffen, daß man mir im Vorposten unseres Herrn die nötige Freiheit und Unterstützung zugestehen würde. Freilich endete die Macht meiner Urkunden hinter den Steinwällen der letzten Hofstelle, aber ich war dennoch guten Mutes. Hatte ich doch auf meinen früheren Kreuzzügen die Sprache der Slawen erlernt und wußte mich auch sonst sicher durch die finsteren Wälder und unheimlichen Sümpfe zu bewegen.

Während ich meinen Gedanken nachhing, hatte mich mein kluger Esel Esop vor das Tor der Festung getragen. Den Esel hatte ich mit Bedacht für meine Reise gewählt, war ich doch ansonsten gewohnt, mich auf dem Rücken edler Pferde zu bewegen. Doch der Esel war nicht nur ein überaus kluges Tier, er machte auch allen am Wege deutlich, daß ich nicht in kriegerischer Absicht daherzog. Ein derartiges Gebaren würde mich gewiß das Leben kosten. Außerdem hatte Esop im Kreuzzuge als Packtier gedient und kannte noch die alten Wege und Pfade im Slawenlande.

Da ich trotz unserer damaligen Erfolge im Kampf mit dem Schwert wußte, daß eine solche Art und Weise nichts in den Köpfen der Slawen bewirkt hatte, wollte ich nunmehr mit List und Überzeugung meine Ziele verfolgen. Was den Untergang der Welt durch ein göttliches Strafgericht betraf, so hatte ich daran mehr Zweifel als Gewißheit. Vor vielen Jahren reiste einst ein arabischer Kaufmann bis hoch in den Norden des Slawenlandes. Er erzählte mir von seinen Erlebnissen und auch von seinem Glauben. Im Morgenlande zählt man die Jahre nach der Flucht ihres Propheten aus der heiligen Stadt, welche sich aber erst 600 Jahre nach der Geburt unseres Messias ereignete. Folglich könnte die Welt, so sie denn von einem heiligen Tage an 1000 Jahre bestehen sollte, auch erst in ferner Zukunft untergehen.

Aber sei es drum, ich befürchtete eine viel irdischere Art des Unterganges des Alten Landes. Im Reiche der Slawen hatte sich seit meiner letzten Ostlandfahrt vieles getan. Das Auftauchen der mysteriösen Zauberin Aena war nur das bedrohlichste der vielen Menetekel. Und sie deuteten immer mehr auf einen großen Zug der alten Götzen nach Westen, wo die Menschen schwach sich am Boden wälzten und den Untergang mit Gleichmut über sich ergehen zu lassen bereit waren. Eigentlich war ich in die falsche Himmelsrichtung aufgebrochen, denn eigentlich lag der Glaube im eigenen Lande darnieder und war einem finsteren Aberglauben gewichen. Dort also fand sich angesichts des allgegenwärtigen Wahns kein Gehör mehr für vernünftige Worte. So blieb mir nur, im Osten das beste zu tun und zu warten, daß die Nacht zum Jahr 1000 ohne Feuer und Sturm zu

Ende ging, daß der Weltuntergang ausblieb und die Menschen am nächsten Morgen geläutert erwachten. Doch bis dahin konnte noch viel Unheil geschehen.

Nachdem man mir Einlaß in die Lunkiner Feste gewährt hatte, traf ich sogleich auf den Burgherrn, den Markgrafen Helmhold. Er lud mich zu einem Begrüßungsmahl in sein Gemach ein, wo Diener vortrefflichen Braten und Wein aufgetragen hatten.

»Nun, ehrwürdiger Ansgar, die Kunde Eures Eintreffens ist Euch durch einen Boten des Bischofs vorangetragen worden. So lasset Euch gesagt sein, daß ich mit allen mir zu Gebote stehenden Mitteln zu Eurer Verfügung bin. Doch will mir scheinen, daß Euch meine Waffenkammern keinen großen Nutzen spenden werden.«

»So sehe auch ich es, ehrbarer Markgraf. Das Heer, dem wir uns gegenüberzustehen glauben, besteht nicht aus gepanzerten Kriegern, sondern vielmehr aus Geistern und Dämonen.«

»Ihr sprecht von der Schamanin Aena?«

»So ist es. Wer sie bekehrt, bekehrt auch ihre Gefolgschaft. Nur ist dazu das Schwert völlig nutzlos, ihr ist nur mit dem Verstande beizukommen. Leider ist mir nur sehr wenig über sie bekannt, sodaß ich Euch bitte, mir Bericht über Aena zu geben.«

»Es sei, aber die Dinge, die mein Kundschafter über sie zusammengetragen hat, werden Euch wohl enttäuschen, weil es soviel nicht ist. Aber ich will ihn nun herbeirufen, damit er Euch selbst berichten kann.«

Wenig später erschien ein Mönch im Gemach des Markgrafen.

»Dies ist Bruder Albo, der bis vor kurzem als Missionar in den heidnischen Gebieten reiste. Er ist der Letzte seines Ordens, wobei die anderen in den letzten Monden von den Heiden dahingemetzelt und ihren Göttern als Opfer dargebracht wurden.«

»So sprecht, ehrwürdiger Bruder, was Euch bekannt ist über Aena, jener mächtigen Schamanin.«

»Leider, ehrwürdiger Ansgar, ist sie mir nicht leibhaftig erschienen, aber ich kenne den Ort, an dem sie ihren bösen Zauber betreibt. Nur eine Tagesreise weiter ostwärts, auf einer Insel in einem Flusse, steht ihr mächtiger Tempel ...«

»Sagt, lagern dort auch Bewaffnete?«

»Nur wenige, ehrwürdiger Ansgar, nicht mehr, als es sonst üblich ist. Aber täuscht Euch nicht! Die Macht der Aena liegt nicht in der Zahl ihrer Schwerter!«

»Ich ahnte es. Doch nun habt Dank für Eure Kunde, ehrwürdiger Albo. Die Insel des Tempels ist mir aus vergangenen Tagen noch wohlbekannt, wenn auch damals dort nur ein kleines Heiligtum zu finden war.«

Ich griff ein letztes Mal zu dem wohlgeratenen Weine.

»Die Reise hat mich ermattet, ich will mich nun auf mein Lager zurückziehen und bis zum morgigen Tage ausruhen.«

Markgraf Helmhold rief einen Knecht herbei, der mich zu meinem Gemach geleitete.

Ich verriegelte die schwere Tür zu meiner Lagerstatt, da ein nasser, klammer Wind durch die fensterlosen Gemäuer zog. Nur ein Öllämpchen spendete etwas Licht und Wärme, sodaß ich mich fest in mein Gewand und meine Felle einwickeln mußte, um des Nachts nicht jämmerlich zu frieren. Alsbald war aller Lärm in der Burg verstummt und die Dunkelheit legte sich schützend über das Fleckchen Erde, welches allhier dem Ansturme der Heiden noch standhielt.

Zu gleicher Zeit – aber das brachte ich alles erst viel später in Erfahrung – hatte Aena in ihrem Tempel die Priesterschaft zusammengerufen. Im Schein der Feuer saßen die Weisen ihres Reiches im zentralen Platze des Heiligtumes beisammen.

»Sprecht, weise Priester, was ihr von dem Mönche, den uns der fremde Gott gesandt hat, in Erfahrung bringen konntet!«

»O Seherin, zur Stunde können wir ihn nur so beschreiben,

daß Dein Auge ihn zu erkennen vermag, wenn er vor Dich tritt. Unter seinem heiligen Gewande verbirgt sich ein großer Krieger, der hierselbst in gewaltigen Schlachten mitgefochten hat. Doch scheint er dem Schwerte abgeschworen zu haben – welche Waffe er nun stattdessen trägt, ist hingegen ungewiß.«

»Das genügt«, sprach da Aena. »So werde ich ihn erkennen können, wenn er mir erscheint. Und seine neue Waffe erahne ich längst und werde sie heute Nacht auf eine erste Probe stellen.«

»Mordio! Mordio!« Dieser Schrei eines Wachsoldaten riß mich augenblicklich aus meinem Schlafe, obwohl ich selbigen heute nicht als solchen bezeichnen mochte. Grausige Alpträume hatten mich gemartert, sodaß ich keineswegs erholt war. Wie sehr mich der Traum umhergeworfen hatte, konnte ich an meiner Schlafstelle sehen – alle Felle hatte ich von mir geschleudert, das Öllämpchen lag zerbrochen am Boden und ich fror deshalb gar entsetzlich.

Doch ich raffte meine Kräfte zusammen und folgte den Schreckensrufen des Wächters. Um die Tür zum Gemach des Bruders Albo hatten sich einige Schaulustige versammelt. Erst als Markgraf Helmhold herbeieilte, zerstoben die Gaffer.

»Gut, daß Ihr zur Stelle seid, ehrwürdiger Ansgar.«

»Was ist geschehen, ehrbarer Markgraf?«

»Da, seht selbst, was mir der Wachmann soeben berichtete!«

Auf seinem Bette, das ganz ähnlich durcheinander gebracht war wie mein eigenes, lag der regungslose Leib des Mönches Albo. Seine aufgerissenen Augen stierten an das Deckengewölbe – so, als würden sie dort noch das Gesicht des Mörders erblicken.

»Ruft sofort den Medicus herbei!« rief da der Markgraf. Doch dieser ward schon alarmiert und stand kurz darauf in der Tür. Der Medicus untersuchte den toten Mönch, aber seinem

131

Gesichte konnte ich fortwährend nur Ratlosigkeit entnehmen.

»Was ist ihm geschehen?« rief der Markgraf.

»Es ist mir unerklärlich, hochedler Herr, welche Ursachen zum Tode geführt haben könnten. Sein Leib ist unversehrt, keine Wunde klafft und auch ein Gift scheint nicht im Spiele zu sein.«

»Es muß einen Kampf gegeben haben«, sprach der Markgraf. »So, wie hier alles durcheinander geworfen ist.«

»Nun«, hub ich an zu sprechen, »ebenso sieht es auch in meinem Gemache aus, und ich weiß mit Gewißheit zu sagen, daß kein Frevler aus Fleisch und Blut mich attackiert hat. Das, was unseren guten Albo entleibet hat ...«

Ich flüsterte nun. »... war das Grauen!«

»Was redet Ihr da? Das Grauen? Wovor?«

»Ja, ehrbarer Markgraf, heute Nacht hatte ich einen furchtbaren Traum. Ich wurde von einer Schar Slawen gefangen genommen und starb in ihrem Tempel eines gar grausamen Todes.«

»Soso«, sagte der Markgraf. »Es will sich mir doch bestätigen, daß dies ein Zauber dieser slawischen Hexe war! Denn wie wir bereits besprochen, führt sie kein Schwert, sondern ... Aber Euer Traum scheint mir ein gar böser Schabernack zu sein, denn die Slawen, für wie barbarisch wir sie auch halten mögen, beenden solche Angelegenheiten gewöhnlich mit einem kurzen Schwerthieb.«

»Ja, Markgraf, *Ihr* wißt es und *ich* weiß es auch, aber ...«

»Ihr meint also, Albo ist Opfer der Greuelmären geworden, die man sich von den Slawen erzählt? Er hat also selbst geglaubt, was er da predigte und warnte?«

»Genauso ist es. Aena hat Albo mit seiner eigenen Waffe in den Tod getrieben. Und wenn ich es recht bedenke, wäre ihr das beinahe auch mit mir geglückt.«

»So seid auf der Hut, Bruder Ansgar! Je näher Ihr dem heidnischen Tempel kommt, desto stärker wird die Macht ihres Zaubers.«

»Seid unbesorgt, da ich nun vorgewarnt bin und mich hüten werde, die geheimen Kräfte der Aena auf die leichte Schulter zu nehmen. Doch wisset, die Ihr hier – nunmehr allein ohne priesterlichen Beistand – zurückbleibt: Zauber wirken nur durch den Glauben daran – auf beiden Seiten wohlgemerkt.«

»Ich«, sprach der Markgraf betrübt, »glaube an die Mächte der Finsternis und dies wird wohl auch einst mein Ende herbeiführen.«

»Ist Euch unser Gott nicht Schutz?« frug ich.

»Ich zweifle, aber das dürfte ich Euch wohl eigentlich nicht sagen. Aber dies hier ist ein gottloser, verfluchter Ort und ich habe nun wahrlich schon an vielen gottlosen und verfluchten Orten geweilt. Hier walten uralte Götzen, hier prallen die Geister der Ahnen im Kampfe aufeinander, jeder Baum und jeder Stein ist hier ein Feind oder ein Freund ...«

»Nun gut, ich bin nicht gekommen, Euch nach Eurem Glauben zu befragen. Vielmehr stimme ich Euch eher zu und – wie wir soeben sehen konnten – nicht ganz ohne Grund und Ursach'. Dies hier ist wahrlich kein Ort für edle Gottheiten. Ihr habt sicher schon Kunde bekommen von den schrecklichen Ereignissen im Alten Lande, wo die Menschen im Wahn dem Ende der Welt entgegentaumeln. Ich weiß noch nicht zu sagen, ob es nicht doch einen tieferen Sinn hat, denn wie soll ich es erklären, wenn ausgerechnet der Glaube sie scharenweise in den Untergang treibt?«

»Für einen Diener unseres Herrn führt Ihr eine offene Rede, Ansgar!«

»Welchen Herren meint Ihr? Den Bischof Adalbert? Den Heiligen Vater? Gott? Sie alle können uns nicht helfen und nicht strafen an diesem verlassenen Ort am Ende unserer Welt. Seht, ich kannte den Kaufmann aus dem Morgenlande, der hier einst nach Norden reiste. Sein Gott soll genauso mächtig sein wie der unsere, die Frage ist nun: Ist es derselbe oder ist es doch ein anderer, einer, von dem wir nichts wissen, von dem wir nur glauben, es gäbe ihn nicht?«

»Ihr meint also, unser Gott könnte auch der Falsche sein?«

»Anders würde ich es sagen: Ich suche nach dem, das über all diesen Göttern und Geistern steht.«

»So ganz verstehe ich nicht, was Ihr meint, ehrwürdiger Ansgar.«

»Ich auch noch nicht, Markgraf Helmhold, aber ich will die letzten Tage dieser Welt dafür nutzen, dieses Rätsel noch zu lösen. Und sei es in unser aller letzten Stunde, in der ich es nicht mehr aufschreiben und auch niemandem mehr zurufen kann.«

»Euch scheint die bevorstehende Aufgabe auch zu locken, Ansgar.«

»So ist es, ehrbarer Markgraf.«

»Ihr seid nach meinem Geschmack, Bruder Ansgar. Bin ich zwar ein wankender Zweifler, aber mich dünkt, daß Ihr Recht behalten könntet und so bin ich auf Eurer Seite.«

»Nun behaltet ja Euren Zweifel, Bruder Helmhold. Denn Zweifel sind keine bösen Geister oder Versuchungen des Teufels. Vor dem Neuen steht immer der Zweifel am Alten.«

»Was ratet Ihr, um uns in Zukunft vor den Zaubern der Aena schützen zu können?«

»Fürchtet Euch nicht, denn über all den Geistern und Göttern, den Teufeln und Dämonen steht etwas noch Gewaltigeres, etwas, was auch mein Geist nicht zu erfassen weiß, etwas Namenloses.«

»Dieses Namenlose ist jedoch nicht minder furchteinflößend.«

»Weil es gesichtslos ist? Weil es nicht zu uns spricht aus den Mündern der Priester? So gedenkt des Kaufmannes aus dem Morgenlande, deren Herr ihnen befiehlt: ›Du sollst dir kein Bildnis von mir machen.‹ In ihren Tempeln gibt es keine Gekreuzigten, keine Marienbildnisse und keine Heiligenschreine. Sie sagen, Gott sei zu groß, um in einem irdischen Bilde Platz zu finden. Mich deucht, sie wissen schon, was ich erst ahne ...«

»Wenn ich Euch so reden höre, erscheint mir der hölzerne Jesus am Kreuze in unserer Burgkirche auf einmal nicht anders als die hölzernen Götzenbilder der slawischen Heiden.«

»Ihr nehmt mir das Wort aus dem Munde. Dies, Markgraf Helmhold, diese Erkenntnis ist mein unsichtbares Schwert, mit dem ich Aena und ihrem Geisterspuk entgegenzutreten gedenke. Wohl fürchte ich mich, alles andere wäre auch gelogen, aber auch Aena ist nur aus Fleisch und Blut und wir wollen doch sehen, wie weit sie über die Holzköpfe ihrer Götzen hinwegsehen kann.«

»So seid Ihr der erste Priester, der Hoffnung an diesem Orte verbreitet, während alle anderen, eingeschlossen unseren seligen Bruder Albo, nur Marter und Pein von den Kanzeln riefen.«

»Dann sei dies nun das Licht am Horizont, auf das wir so sehnsüchtig warten.«

Was ich nicht wußte, war, daß Aena sich genau jenes Namenlose zu Diensten genommen hatte, vor dem wir uns noch so sehr fürchteten. Das, wovon ich nur Nebel sah, den mein Geist erst noch zu einem Schwert in meinen Händen formen sollte, richtete Aena bereits als furchtbare Waffe in die letzten Tage dieser Welt.

Aena war inzwischen zu Gehör gebracht, daß ihr Anschlag auf mich fehlgeschlagen war. Wie ein Lauffeuer hatte sich die Nachricht verbreitet, daß der fremde Priester dem Zauber ihrer mächtigen Schamanin widerstanden hatte. Und nicht wenige Mienen verfinsterten sich darob. Der Zauber hatte wohl gewirkt, dafür war der tote Albo Beweis genug, und auch Zweifel an der Macht Aenas kam nicht auf, aber dennoch ... Die Fragen, die den Markgrafen und mich bewegten, hatten nun in ähnlicher

Form auch die Slawen aufgeworfen.

Dies ahnend, brach ich noch am Morgen von Albos Tod auf meinem Esel gen Osten auf. Am Abend schon hoffte ich, die Tore des heidnischen Tempels erreicht zu haben. Einen Plan hatte ich noch nicht, aber ich war voller Vertrauen, daß die Dinge den Gang gehen würden, den das Namenlose über uns beschlossen und vorgesehen hatte. Aber ich wußte auch, daß dieses namenlose Wesen – wenn es denn überhaupt eines war – nichts tat und nichts ließ. Vorantreiben also mußte ich die Dinge selbst. Folglich waren Gebete nutzlos, weil sie nicht erhört wurden. Irgendwie aber machten mich meine neuen Gedanken auch ungewohnt ratlos und einsam.

Und genauso fühlte ich mich denn auch, als ich mit meinem getreuen Esel Esop durch finstere Wälder immer tiefer ins Slawenreich eindrang. Auch begegnete mir keine Menschenseele, was mich einigermaßen unruhig machte, da ich nicht recht glauben mochte, daß man mich so einfach ziehen ließ. Immer mehr ahnte ich, daß ich den Tempel der Aena erreichen *sollte*, daß man mich dort bereits mit offenen Toren erwartete, die man dann allerdings endgültig hinter mir zuzuschlagen gedachte.

Nun gut, dies widersprach ja nicht meinen eigenen Zielen. Und doch sollte es nicht ganz so mühelos gelingen, wie ich erhoffte. Denn plötzlich brodelte vor mir auf dem Wege der Sand auf und die Erde öffnete sich mit einem finsteren Schlund.

Diesem Spalt nun entstieg brüllend ein riesiger Drache, so, wie ich es in den alten Mären vom Helden Siegfried gelesen hatte. Diese Geschichten spielten sich wohl in den alten Stammesgebieten der Burgunder ab, die einst noch viel weiter ostwärts lagen. Und so war in mir der Glaube verblieben, daß jenseits meines Horizontes furchtbare Ungeheuer leben müßten, so wie mir auch der arabische Kaufmann Statuen von riesigen Tieren gezeigt hatte, die auch am Kopf einen Schwanz trugen.

»Weiche, Unhold!« brüllte ich in meiner Angst und bedauerte

nun doch, daß ich mein treffliches Schwert nicht bei mir führte. Ich wollte fliehen, meinen Esel den Weg zurücktreiben, doch das Tier trabte weiter voran. Ich wußte gar, daß mein getreuer Esop Gefahren viel früher ahnte als ich, und daß ich mich in solchen Begebenheiten auf ihn verlassen konnte. Doch hier schien auch er einem bösen Zauber erlegen zu sein, der ihn mit Blindheit geschlagen hatte. Unvermeidlich schien mein Ende zu nahen. Doch als ich bereits den heißen Odem des Drachens zu spüren glaubte, verschwand der Spuk, als sei er nie gewesen.

Da wußte ich, daß Esop sich nicht geirrt hatte. Er hatte sich von dem Zauber nicht blenden lassen, der da vor mir dem Wege entstiegen war und vermutlich hatte er ihn auch gar nicht wahrgenommen. Ich schalt mich einen Narren, daß ich nicht sofort darauf gekommen war, daß auch dies nur ein Versuch von Aena war, mich mit meinem eigenen Grauen niederzuwerfen.

Ich gelobte also, in Zukunft erst meinen Esel zu befragen, denn eines schien er mir voraus zu haben: In seiner einfachen Seele gab es keinen Platz für Geister und Götter, folglich mußte auch jeder Zauber wirkungslos an ihm abprallen.

Ich redete mir nun gut zu und zog weiter auf dem Weg in die unheilvolle Dämmerung. Bald nach dem Zwischenfall stand ich am Ufer des Flusses, der die Insel von Aenas Tempel umfloß.

Blutrot war der Himmel, als ich über die hölzerne Brücke auf das Tempeltor zuritt. Keine Stimmen konnte ich vernehmen, alles ruhte in einem feierlichen Schweigen. Alles wartete.

Unter dem Tore stehend, wurde ich eines großen Platzes ansichtig, der von hohen Holzpalisaden umgeben war. Überall brannten Feuer, um die sich Priester zum stillen Gebet versammelt hatten.

»Ansgaaaar!«

Aenas Stimme brannte wie glühende Eisenstäbe in meinen Ohren.

»Ansgaaaar!«

Wie Wolfsgeheul verhallte ihr Ruf. Mein Blick wanderte umher, aber ich konnte sie nicht erblicken. Die Priester verharrten weiter in ihrer feierlichen Haltung.

»Aeeenaaa! Zeig Dich!«

Ich hörte Schritte, und erst da erblickte ich den Sitz Aenas, der wie ein Thron emporragte. Umflutet vom Schein der Feuer stieg sie die hölzerne Treppe hinab.

Zehn Schritte vor mir blieb sie stehen. Ihre schwarzen Augen blitzten böse.

»Hast Du es also geschafft! Nun gut, dann wird das Gottesurteil zeigen, für wen von uns beiden in Zukunft noch Platz auf dieser Erde sein soll.«

Sie warf ihr schwarzes Gewand auseinander und griff an den drachenköpfigen Knauf ihres Schwertes.

»Nun werden wir sehen, wessen Götter die mächtigeren sind!« rief Aena.

Ich hingegen verschränkte die Arme und rief trotzig: »Spare Dir Deine Worte, denn siehe, ich bin ohne Schwert gekommen.«

»Dann wird man Dir eines geben!«

»Ich bin diesen Weg nicht ohne Schwert gegangen, um hier dann doch noch eines zu ergreifen! Also werden wir nunmehr sehen, wessen Gott es zulassen wird, einen Waffenlosen feige zu erschlagen!«

Nur kurz flackerte Ratlosigkeit in Aenas Augen.

»Schlau, schlau! Gib zu, Du hast geahnt, was Dich hier erwartet und willst Dich dem Urteil entziehen. Aber das Urteil wird kommen!«

Die Priester hatten ihre Gebete inzwischen beendet und standen in weitem Kreis um uns herum. Gespenstisch wogten ihre weißen Gewänder im Feuerschein. Mein Esel Esop stand ruhig, schaute jedoch aufmerksam um sich.

»Welcher Gott«, rief ich, »wird das Urteil denn vollstrecken?«

»Egal! Deiner, meiner, keiner – was macht das jetzt noch?«

138

Sie trat dicht an mich heran, und ich konnte nun sehen, von welch großer Schönheit Aena war.

»Dein Gott ist tot!« fauchte sie. »Sieh sie Dir doch an, Deine Leute, wie sie sich wie elende Würmer im Staube wälzen und vor Angst sterben. Wo ist er denn, Dein Gott? Wo?«

Und sie hatte so recht. Das wurde mir nun endgültig und unwiderruflich klar.

»Tot?« lachte ich auf. »Nein, Aena. Dein Gott und mein Gott sind weder dieses noch sind sie jenes.«

»Was sind sie dann?«

Nun mußte ich sagen, wovor mir in den letzten Jahren am meisten gegraut hatte und was sich jetzt an diesem Orte zur Gewißheit gesteigert hatte:

»Sie haben nie existiert!«

Jetzt habe ich ihn umgebracht, schoß es mir noch einmal durch den Kopf. Jetzt bin ich endgültig allein auf dieser Welt.

»Nein«, sagte Aena leise. »Du bist nicht allein, denn Du hast die Worte gesprochen, nach denen auch ich lange Jahre suchen mußte. Das Rätsel, dem Du folgtest, ist gelöst, und nur wir beide wissen es.«

»Was redest Du da?« flüsterte ich.

»Ansgar, ich habe Dich unterschätzt, aber nun gestehe ein, daß auch Du mich nur für eine törichte Hexe gehalten hast.«

»Nunja. In der Tat. Doch was wird nun? Was willst Du tun?«

»Nur eines noch. Denn siehe, Ansgar, diese Welt wird nicht durch höhere Hand untergehen. Ich habe etwas gesehen, was niemand vor mir je sah. Brüllendes Feuer stürzte vom Himmel herab, die Erde tat sich auf und grüner Nebel brachte eine grausige Pest über all jene, die da glaubten, dem Untergange schon entronnen zu sein. Doch der Herr hat sie alle geschlagen – so sagt Ihr doch? Nein, Ansgar, da war kein Herr, da war kein Gott, da war noch nicht einmal mehr Eure Hölle. Und wenn doch, dann sind auch sie allesamt in diesem Sturme untergegangen. Ich habe gesehen, was ich weiß. Deswegen bin ich zurückgekehrt an diesen Ort.«

»Du willst es ihnen sagen?« Ich wies auf die umstehenden Priester. »Dann verkündest Du den Untergang der Welt erst recht! Sieh doch, was im Alten Lande vor sich geht, jetzt, wo sie sich von ihrem Gott verlassen wähnen! Was wohl wird geschehen, wenn Du das auch Deinen Leuten kund tust?«

»Sei es drum, einer muß den Anfang machen, einer muß sagen, was wir wissen und was die Wahrheit ist!«

Sie wandte sich schon an die Priester, doch ich schüttelte sie.

»Halte ein! Sie werden es nicht begreifen! Es ist zu früh! Aena, jetzt weiß ich es, es ist noch viel zu früh! Jetzt habe ich die Weissagung verstanden, die an meiner Wiege gesprochen wurde und die da lautete: ›Du lebst allein in falscher Zeit!‹«

Aena machte sich los.

»Jeder, der forscht und fragt, lebt in der falschen Zeit! Auch ich habe eure Bücher gelesen, mein lieber Ansgar, auch ich habe die Worte eurer Weisen vernommen – viele von ihnen lebten in falscher Zeit! Es wundert mich daher, wie lange Du zu Deiner Erkenntnis gebraucht hast.«

Ich fühlte mich unendlich müde.

»Es war alles umsonst. Nichts haben wir bewegt, nur heimatlos sind wir geworden. Und die anderen machen wir nun ebenfalls dazu.«

Zum ersten Mal konnte ich etwas trostspendendes in Aenas Blick bemerken.

»Denke daran, daß über all dem noch etwas größeres und mächtigeres steht.«

»Aber es hat keinen Namen.«

»Ich weiß. Das muß es auch nicht. Und mir fällt auch kein Name ein, den ich ihm geben könnte. Ich weiß nur, daß es da ist und daß da noch jemand ist, der das weiß. Das allein muß und wird mir von nun an genügen.«

140

»Was hast Du vor?«

»Ich muß wieder zurück an diesen Ort, von dem ich Dir eben berichtete.«

»Es gibt ihn noch?«

»Die Wege sind lang, Ansgar, aber sie werden nicht untergehen. Komm mit mir, denn zurück kannst Du nicht mehr! Längst hat Dich ein Lauscher in der Burg der Obrigkeit verraten, und bald wird Dein Name – der Name eines Ketzers! – aus den Annalen getilgt sein. Keinen Stein wird man Dir errichten und auch mir nicht mehr. In Deiner Welt bist Du tot, doch in meiner wirst Du leben. Du kennst die Macht nicht, Ansgar, die uns an diesem Orte zusammengeführt hat. Als Mönch darfst Du sie wohl auch gar nicht kennen ...«

Und so begaben wir uns, Aena, die Seherin, ich, Ansgar, der Mönch ohne Gott, und mein Esel Esop auf die gemeinsame Reise in ...

An dieser Stelle brechen die Aufzeichnungen des Mönches Ansgar ab. Nirgends fanden sich Nachrichten darüber, daß Ansgar irgendwann wieder im Alten Lande aufgetaucht ist und seinem Bischof Bericht erstattet hat. Ja, es fehlen sogar Berichte, in denen Adalbert von der Aussendung Ansgars Kunde gibt. In keinem alten Protokoll des Markgrafen Helmhold wird der Mönch je erwähnt.

Es ist, als hätte es Aena, Ansgar und seinen getreuen Esel Esop nie gegeben.

Alexandra blickte ein wenig ratlos auf die letzte Seite.

»Hm. Ich glaube die Andeutungen zwar entdeckt zu haben, aber ich kann sie nicht zu einem fertigen Bilde formen.«

Sie schüttelte das Buch, als wolle sie ihm so die letzte Antwort entlocken. Da fiel eine uralte Fotografie heraus. Ich hob sie auf und gab sie Alexandra. Auf der Rückseite stand etwas geschrieben. Sie las:

»Ypern 1915: Chlorgasangriff im 1. Weltkrieg.«

Und da wußten wir, was Aena mit den grünen Nebeln gemeint hatte.

Das letzte Rätsel?

Alexandra nippte an ihrer Medizin.

»Na schön. Dann haben wir dieses Rätsel ja auch gelöst. Nun ist mir auch klar, warum wir nie irgendwelche Papiere von meinen Urgroßeltern gefunden haben. Sie besaßen schlicht und ergreifend keine. Woher auch.«

Senja schnupperte an Alexandras Glas.

»Darf ich mal kosten? Hmm! Köstlich. Das hab' ich als kleines Kind auch immer gekriegt, wenn ich krank war. – Aena war folglich meine Urururgroßmutter, jene Ahnin also, die vor mir in eine ferne Welt fliehen mußte.«

Sarah schüttelte ungläubig den Kopf.

»Verrückt! Ich frage mich, warum Aena über zweihundert Jahre nach ihrem Verschwinden wieder zurückgekehrt ist. War das derselbe Geist, der auf dem See nach euch gegriffen hat?«

Alexandra hustete.

»Ja, so könnte man es sagen. Es gab ein Jahr danach noch ein kleines Nachspiel – ich mag das aber nicht erzählen, ich bin total heiser. Krieg' ich noch so 'ne Medizin?«

Jens wies mit dem Finger auf mich.

»Na, dann du.«

Ich rührte Rum, Wasser und Honig zusammen und schlüpfte zu Alex unter den Deckenberg.

»Ui, du bist ja ganz heiß.«

Alexandra sprach mit geschlossenen Augen, als fantasiere sie.

»Du bist ja heute ein Schnellmerker. Wenn ich dagegen an die Geschichte mit dem Autoschlüssel zurückdenke – naja, du wirst sie ja gleich erzählen. Ihr habt doch nichts dagegen, wenn ich derweil ein bißchen schlummere?«

Die anderen machten schon dicke Backen zu roten Köpfen. Mit herrischer Geste bannte ich das erste Glucksen.

»Ja, nu fang an!« rief Susi kichernd.

»Geht nicht. Ich muß erst wieder das Brausen des Windes und das Rauschen des Regens hören können.«

Das Glucksen wurde drängender. Ich winkte ab.

»Am besten, ihr brüllt erstmal ab, damit ich ...«

Nachdem ich Alexandra wieder in den Schlaf gewiegt hatte, erstanden die Bilder jenes stillen Tages wieder auf.

Die Höhle

Alex schaute versonnen aus dem Fenster. An den Pflaumen-
bäumen hingen dicke Tropfen.

»Ich hätte Lust, draußen ein wenig rumzustromern.«

Das Wetter war zwar wie gemacht für die Suche nach mystischen Orten, aber irgendwie gefiel mir mein Platz an der warmen Heizung.

»Mir ist jetzt so«, fuhr sie fort.

Hm. Ihre Augen glänzten wie die Pfützen auf der Terrasse –
melancholisch und mehrdeutig. Irgend etwas lockte sie unwi-
derstehlich hinaus in die Stille. Und dagegen war wenig zu
machen.

»Also gut.«

»Fein. Laß uns zur Kiesgrube fahren.«

»Was willst du denn an diesem unromantischen Ort zwischen
all den Baggern und Lkw?«

»Manche Kiesel glänzen im Regen wie Bernstein.«

Ach, Alex, du bist doch schon längst dort. Viel würde ich von
ihr heute wohl nicht mehr haben – obwohl, nach solchen Tagen
ist sie abends immer besonders anschmiegsam ...

Sie grinste.

»Hör auf zu grübeln. Ich möchte nun los.«

Die Kiesgrube gähnte wie ein Mondkrater zwischen den fri-
schen grünen Waldrändern. Die Wand der Grube war in mehrere Terrassen abgestuft, auf denen man bequem gehen und
Ausschau halten konnte.

Alexandra spazierte auf einer der Terrassen und bückte sich
hin und wieder nach einem Steinchen. An einem guckte sie sich
besonders lange fest. Dann kam sie langsam auf mich zu.

»Sieh mal, was ich hier gefunden habe.«

Ich betrachtete das Steinchen.

»Hm. Sieht aus wie ein Feuersteingerät aus der Steinzeit.«

»Ich bin mir fast sicher, daß das auch eines ist. Scheint ein Schaber oder sowas zu sein. Wollen wir mal gucken, ob wir noch mehr davon finden?«

Während der letzten Eiszeit wurde dieser Berg vom Inlandeis aufgeschoben. Der Blick zum Grund der Kieskuhle war also auch ein Blick 12.000 Jahre zurück.

Erneut schien sie etwas entdeckt zu haben.

»Sieht aus wie ein Ding zum Aufhebeln von Deckeln oder so.«

Na klar, ein Flaschenöffner. Aber irgendwie hatte sie recht. Ein Ende des Dingens ähnelte einer Meißelspitze. Damit könnte man gut den Deckel einer Fußbodenentwässerung aufklappen. Und es war – das sah man hier ganz eindeutig – von Menschenhand hergestellt worden.

»Hast du sowas schonmal gesehen?«

»Nee.«

Nun wurde die Sache doch noch spannend.

»Komm, wir gucken weiter.«

Wir fanden noch weitere Steinwerkzeuge – unter anderem eine filigrane Steinspitze. Sie wirkte so zerbrechlich, daß mir dafür statt des Begriffes »Werkzeug« das Wort »Instrument« einfiel.

Unser Fund bestand am Ende aus einer ungewöhnlichen Sammlung merkwürdiger Gegenstände aus der Steinzeit. Ich fragte mich, ob Alex' Unruhe vorhin am Kaffeetisch eine Vorahnung davon war. War ihr ruhelos umherwandernder Geist tatsächlich schon vor uns hier angekommen?

»Und was machen wir jetzt damit?«

Alex überlegte.

»Ich würde der Sache gern noch weiter nachgehen. Da ist doch was ...«

Und nach einer Pause: »Ich möchte mir den Rand der Kiesgrube einmal näher ansehen.«

Der Waldstreifen rings um die Kiesgrube war weiträumig für

Spaziergänger gesperrt. Aber das konnte uns nicht mehr abhalten. Mittlerweile war ich genauso fiebrig wie Alexandra. Der Wald um die Kiesgrube war seit Jahren fast unberührt, nur die Überbleibsel eines anderen, vor langer Zeit geschlossenen Tagebaues waren noch zu erkennen.

Wir kletterten zwischen den umgestürzten Bäumen und umherliegenden Steinen in den alten Tagebau hinab. Die Abbauarbeiten in der benachbarten Kiesgrube hatten schon einiges an Erde in Bewegung gebracht. Hier und da war etwas nachgesackt, auch einige tiefe Risse bemerkten wir.

Eine dieser Spalten war so breit, daß man hätte hineinsteigen können. Und genau das schien Alex auch vorzuhaben. Sie zog ein winziges Taschenlämpchen aus ihrer Jackentasche und leuchtete hinein. Das Licht der Lampe verschwand in bodenloser Schwärze.

Aufgeregt sah sie mich an.

»Eine Höhle!«

Huh! Ich stieg zu ihr hinauf. Doch weit kam ich nicht. Der Boden unter mir gab nach. Mit einem Schrei des Entsetzens verschwand ich in der Tiefe. Gottlob nicht im freien Fall – vielmehr rollte ich zusammen mit allerlei Geröll auf einer schrägen Bahn hinunter. Irgendwo schlug ich mit dem Kopf auf und blieb benommen in der Finsternis liegen.

Als ich die Augen wieder öffnete, sah ich in Alexandras sorgenvolles Gesicht.

»Bleib liegen!« zischte sie.

»Was ist mit mir?« fragte ich stöhnend.

»Beweg dich nicht! Ich weiß nicht, ob und was du dir gebrochen hast, aber gesund sah das eben nicht aus.«

»Das war es ganz sicher auch nicht. Aber wenn du jetzt den Notwagen holst, kriegen wir Ärger.«

»Darüber zerbrech' dir mal jetzt nicht den Kopf. Aber wenn du hier aus eigener Kraft herauskommst, dann tue das. – Tut dir irgendwas weh?«

»Ja, mein Kopf.«

Ich versuchte mich aufzurichten. Es gelang.

Doch plötzlich schrie Alex entsetzt auf.

»Leg dich wieder hin!«

»Was ist?«

Sie zitterte.

»Mann, du hast ein Loch im Kopp, o Gott ...«

Sie besann sich nur kurz.

»In welcher Tasche hast du die Autoschlüssel? Ich hole jetzt einen Krankenwagen.«

Mit fliegenden Händen durchsuchte Alexandra meine Jackentaschen, aber der Schlüssel war weg. Ich mußte ihn bei meinem Sturz verloren haben und nun lag er irgendwo weiter unten im Geröll vergraben.

»Das hat uns gerade noch gefehlt. Was mach ich denn jetzt? Ich kann dich doch hier nicht alleine liegen lassen.«

»Alex, zu Fuß ist es sowieso zu weit, es wird sicher bald dunkel. Laß mir noch ein paar Minuten, um zur Besinnung zu kommen, und dann helfe ich dir, den Schlüssel zu finden.«

»Untersteh dich! Dir fällt jeden Moment der Kopf auseinander. Ich werde etwas Gras und Laub holen, damit er weich liegt. Mann, Mann!«

Sie stieg aus der Höhle und kehrte etwas später mit Moos und einem Arm voll Holz zurück.

Im Schein ihrer Taschenlampe konnte ich erkennen, daß wir uns am Grunde einer geräumigen Höhle befanden. Unsere Stimmen hallten wie in einer Kathedrale.

Bald hatte sie in meiner Nähe ein Feuer entzündet. Ich staunte mal wieder, was Alex so alles aus den Taschen ihrer Jacke hervorzauberte. Die Frau ging nie ohne das Nötigste auf Abenteuersuche. Eine kleine Taschenlampe, Streichhölzer, ein Verbandspäckchen und eine Packung Armeekekse steckten immer in ihrer Geheimtasche. Aber leider kein Handy.

Ich bekam immer mehr das Gefühl, als wolle mein Geist tatsächlich seiner schützenden Knochenhülle entweichen. Ich konnte zwar noch klar denken, aber irgendwie fühlte ich mich in eine andere Welt versetzt. Diese Höhle war ein völlig unwirklicher Ort. Auf einem Auge konnte ich nichts sehen. Aber das war wahrscheinlich der Schock, der allmählich zu wirken begann.

»Du bist total gelb im Gesicht.«

Dachte ich doch gerade. Alex riß das Verbandspäckchen auf und umwickelte meinen Kopf mit einer Vorsicht, als bandagiere sie ein rohes Ei.

»Das ist er ja jetzt auch.«

Manchmal erschreckt mich diese Frau. Heute hatte ihr Geist diese Welt wirklich verlassen.

»Es war nicht schwer, zu erraten, was du eben gedacht hast, als du mich so ungläubig angesehen hast.«

Ich mußte ein Glucksen unterdrücken.

»Nicht lachen jetzt. Denk an deine eingedrückte Schale.«

»Eingedrückt?«

Alex biß sich auf die Unterlippe.

»Mist, das hätte ich mir jetzt verkneifen müssen. Naja, nun reg dich nicht auf, es nützt jetzt alles nichts.«

»Blutet es sehr?«

»Nein. Vermutlich ist die Hirnhaut noch ganz, sonst wärst du wahrscheinlich schon ...«

Sie holte tief Luft. Ach, Alex, du bist so tapfer.

»Ich gehe jetzt Wasser besorgen. Hoffentlich liegt da draußen irgendein alter Blechtopf oder sowas rum, den der Regen gefüllt hat.«

Kurz darauf nippte ich an einer eigenartig geschmacklosen Brühe.

»Und was wird jetzt? Ich kann doch hier nicht liegenbleiben, bis ich wieder zusammengewachsen bin.«

»Ich überlege auch schon die ganze Zeit. Aber du mußt wohl wirklich erst wieder auf die Beine kommen. Ich gehe jetzt nochmal diesen verdammten Autoschlüssel suchen. Irgendwann *muß* ich ihn doch mal finden!«

Der Kegel ihrer Taschenlampe verschwand im Innern der Höhle. Entspannt richtete ich meine Augen auf die Höhlendecke, über die der gespenstische Schein des Lagerfeuers flackerte.

»Alex, hier an der Decke sind Malereien!«

»Hab' schon gesehen«, hallte es dumpf zurück. »Die ganze Höhle ist voll davon.«

Das entschädigt mich für meinen Sturz, dachte ich.

Alexandras Augen glänzten schon von weitem.

»Die Höhle ist völlig unberührt. Als sei sie gerade verlassen worden. Ich habe eine Feuerstelle gefunden, an der wohl gerade so eine Art Kult zelebriert werden sollte. Da liegt ein Haufen Zeugs herum.«

»Das will ich sehen.«

»Ach Mensch, Tom! Ist es das wert?«

»Ja!«

Vorsichtig erhob ich mich. Noch einmal stürzen durfte ich nicht, das war mir klar. Aber nichts konnte mich jetzt mehr auf meinem Lager halten. Dort würde ich vor Neugier sterben.

Der Boden der Höhle war jedoch eben und gut begehbar, sodaß kaum eine Gefahr bestand.

Die Kultstätte strahlte eine heilige Feierlichkeit aus. Die Wände waren über und über mit farbenprächtigen steinzeitlichen Malereien bedeckt.

Wir betrachteten staunend die Bildnisse und daher war uns das Skelett nicht gleich aufgefallen, welches am Boden unweit der alten Feuerstelle lag. Es lag so, daß wir die Oberseite des Schädels sehen konnten. Er wies ein rechteckiges Loch auf.

Alex hob triumphierend ihren steinernen »Deckelheber« in

die Höhe.

»Habe ich es nicht gleich gesagt? Das ist ein Trepanationswerkzeug. Ein medizinisches Instrument. Wenn ich es recht betrachte, könnte man damit gut ein herausgeschabtes Knochenplättchen aus dem Schädeldach hebeln.«

Die Steinzeitmenschen beherrschten in der Tat die hohe Kunst der Schädelöffnung bei lebendigem Leibe – auch Trepanation genannt. Mit einem Schaber wurde ein Rechteck in die Schädeldecke gekratzt und das Knochenplättchen dann herausgehoben. Das Loch wurde entweder mit einem flachen Stein verschlossen oder einfach offen gelassen.

Die Operierten überlebten diesen Eingriff in den meisten Fällen. Manchmal wurde damit eine Verletzung kuriert, manchmal allerdings könnte das Loch im Schädel auch eine kultische Bedeutung gehabt haben. Es soll Schamanen gegeben haben, die sich durch das Entfernen des Knochenstückes eine Verbesserung ihrer seherischen Fähigkeiten erhofften. Das Gehirn lag sozusagen frei und konnte die äußeren Einflüsse ungehindert empfangen.

Anscheinend befanden wir uns in der Höhle eines Zauberers, der die Kunst der Schädelöffnung hierselbst in großem Stile zelebrierte. Die von uns im Kies gefundenen und vor allem die hier in großer Zahl herumliegenden Instrumente ließen keinen anderen Schluß zu. Auch einige der Wandmalereien zeigten Szenen einer Trepanation.

Auch Alex kannte diese Geschichten.

»Mich macht stutzig, wie das hier aussieht. Als ob die Leute gezwungen waren, auf der Stelle alles stehen und liegen zu lassen und diesem Ort zu entfliehen. Sogar einen Patienten mußten sie zurücklassen.« Sie deutete auf das Skelett.

Mir war mittlerweile wieder, als müßte ich mich jeden Moment daneben legen. Ich sah nun alles doppelt. Mir schwindelte. Alex hatte es sofort bemerkt und half mir beim Hinsetzen.

»Kann nicht hören, der Kerl! Jetzt bleibst du aber hier liegen! Ich hole nochmal Feuerholz, und dann pennst du dich erstmal aus. Dieses Elend kann sich ja kein Mensch mehr mit ansehen!« Sie stand auf.

»Klar?«

»Zu Befehl.«

»Na also.«

Dann ließ sie mich in der Dunkelheit zurück.

Mein Gehirn pulste gegen das Schädeldach, aber es war kein unangenehmes Gefühl. Mir war, als schwebte ich leicht auf einem sanften Nebel. Irgendwie wurde ich das Gefühl nicht los, als hinge meine Kopfverletzung mit dem Geist dieser Stätte zusammen. Irgend etwas bahnte sich hier seinen Weg. Schon Alexandras plötzliche Eingebung, ausgerechnet hierher zu fahren, schien eine geheime Bedeutung zu haben.

Aber ich mußte jetzt meinen Geist bei der Stange halten. Für einen Augenblick hatte ich nämlich schon Stimmen gehört.

Alex schleppte unermüdlich Holz und Moos herbei. Bald hatte sie an der alten Kultstätte ein neues Feuer entzündet und mir davor ein Bett gebaut.

Es war, als befänden wir uns mittendrin in einer steinzeitlichen Zeremonie.

»Alex, ich höre schon wieder Stimmen.«

Sie zuckte zusammen und ließ den Kopf hängen.

»Mach mir jetzt nicht schlapp, Mann. – Ach, Tom, was soll ich denn bloß tun?«

»Ich weiß es doch auch nicht. Soll ich dich etwa bei diesem Wetter mitten in der Nacht allein zu Fuß in die Stadt schicken?«

»Ja!«

»Und warum gehst du dann nicht einfach?«

»Ich kann nicht! Wenn dein Kopf verrückt spielt, während ich nicht da bin, und du dir hier an den Wänden den Schädel endgültig einrennst, dann kann ich dich neben den Knochenmann da legen.«

Sie hatte im Grunde recht. Wir saßen in der Zwickmühle. Es ging nicht raus und nicht rein. Ich hatte mittlerweile selber Angst davor, Opfer meiner Hirngespinste zu werden. Wie ich es auch drehte, die hoffnungsvollste Variante war, darauf zu warten, daß es mir wieder besser ging.

»Alex, kannst du dir meine Rübe nochmal angucken?«

»Warum das?«

»Ich habe eine zeitlang alles doppelt gesehen. Doch jetzt sieht mein rechtes Auge etwas völlig anderes als das linke.«

»Hm. Du schielst aber nicht. Leg dich mal auf den Bauch.«

Vorsichtig wickelte sie den Verband ab.

»Daß du damit überhaupt noch krauchen kannst, ist schon erstaunlich. Tut denn das gar nicht weh?«

»Nee, es puckert nur ein wenig. Wahrscheinlich war das ein harter sauberer Schlag und das Teil ist abgesplittert wie weiland bei den Feuersteinschlägern.«

»Aua, aua, das Stück hat sich verkantet. Das schneidet dir die Hirnhaut auf, wenn du das nächste mal hustest. Trepanateur müßte man jetzt sein.«

»Würdest du dir das zutrauen?«

»Bist du verrückt?«

»Alex, ich hab selber die Hosen voll, aber noch mehr Angst habe ich davor, mich im Schlaf selbst zu entleiben.«

»Kerl, ich bring dich um, wenn ich daran herumfummle! Mir zittern ja jetzt schon die Hände!«

Sie überlegte eine Weile.

»Ich glaube, hinter dem Knochensplitter liegt das Seh-Zentrum. Vielleicht siehst du deswegen alles doppelt.«

Sie ging nervös auf und ab.

»Ein Abrutscher, und du bist blind!«

»Alex, bitte! Halte mir wenigstens das rechte Auge zu! Ich ertrage diesen Anblick nicht!«

Alexandra wand sich.

»Sprich weiter! Hör jetzt nicht auf zu erzählen! Was siehst du?«
Ich röchelte.

»Die ganze Höhle ist voller finsterer Gestalten, überall Blut ...
Schreie ...«

»Was tun sie?«

»Ein Zauberer – er hält ein steinernes Messer und will jemanden skalpieren ...«

»Tom! Komm zurück!«

»Ein anderer will ihm Knochen aus dem Schädel herausbrechen ...«

»Hör auf!«

Entnervt hielt sie mir das rechte Auge zu. Doch es nützte nichts mehr. Durch ihre Hand hindurch konnte ich das Horrorszenario weiterverfolgen.

»Okay!« schrie sie irgendwann. »Ich habe genug gehört!«
Entschlossen griff sie zur Taschenlampe.

»Ich sehe mir jetzt diese Höhlenmalereien an. Vielleicht kann ich ja ersehen, wie sowas gemacht wird.«

Genau in diesem Augenblick war mein rechtes Auge wieder blind. Und mein linkes auch.

Im Dämmerlicht des Wahns träumte ich, wie Alex mit weißen Kristallen in der Hand zurückkehrte.

»Was ist das?«

»Weiß ich noch nicht. Auf einer der Malereien wird ein Zauberer gezeigt, wie er weiße Steine ins Feuer wirft. Die Dinger lagen hier noch herum und ich nehme stark an, daß es die dargestellten Steine sind.«

»Hm.«

Die Kristalle zischten im Feuer. Weißer wohlriechender Dampf stieg auf. Es schien Harz zu sein, Weihrauch ...

Der Rauch benebelte mein Hirn noch mehr.

»Die Stimmen sind wieder da.«

154

»Ja. Jetzt höre ich sie auch.«

Was? Ein wenig kehrte ich zurück.

Der 12.000 Jahre alte Geist war wieder zum Leben erwacht. Ich hatte das sichere Gefühl, daß er uns wohlgesonnen war. Doch auch böse Töne mischten sich in die nebligen Gesänge. Welche Geschichte wurde hier an dem Punkt weitergespielt, an dem sie vor 12.000 Jahren unterbrochen wurde?

Ich dachte daran, wie hastig diese Höhle einst verlassen worden war. Irgendeinen Grund dafür mußte es doch gegeben haben! Ein Überfall feindlicher Horden? Eine Naturkatastrophe?

Alex sammelte derweil die damals liegengelassenen Feuersteininstrumente zusammen. Sie wirkte wild entschlossen.

»Ich habe das Gefühl, daß wir nicht mehr viel Zeit haben. Kannst du mich verstehen?«

»Ja.«

»Gut, dann fange ich jetzt an.«

Ich spürte nur ihre weiche Hand an meinem Kopf und wie heißes Blut über meinen Nacken rann.

»Ich sehe Eis!«

»Ist gut jetzt!« fauchte Alex.

»Viel Eis! Eine riesige Wand schiebt sich heran.«

»Tom, bitte halt still jetzt!«

Ich konnte die Schreie der Menschen in dieser Höhle hören. Von der Eiswand war eine riesige Scholle herabgebrochen. Sand, Geröll und Eisbrocken wälzten sich auf den Höhleneingang zu. Der Boden erzitterte unter den mächtigen Schlägen.

Eilig verließen sie diesen Ort, der Zauberer ließ sein Feuersteinmesser fallen, der Patient schrie plötzlich vor Schmerz und verstummte dann genauso schnell. Kurz nachdem der letzte die Höhle verlassen hatte, wurde der Höhleneingang von Erde und Eis verschüttet.

Danach herrschte eine Stille wie vor der Erschaffung der Welt.

»Alex! Das Eis!«

»Halt still, ich hab's doch gleich!«

Der Griff ihrer Hände wurde energischer und sicherer.

Und wieder hörte ich eine Stimme in einer völlig fremden Sprache. Aber das war Alexandras Stimme!

Wie aus dem Jenseits murmelte sie Zaubersprüche vor sich hin. Dann knirschte etwas in mir drin. Sofort spürte ich Erleichterung. Ich wälzte mich herum und öffnete die Augen.

Über mir kniete Alexandra mit verschmiertem Gesicht. In der Hand hielt sie den blutigen Feuersteinhebel. Ihre Augen glühten dämonisch. Sie war in Felle gehüllt und mit Ketten aus Tierzähnen behängt. Im Nebel hinter ihr tanzten wilde Gestalten. Die Flammen des Feuer sprangen wie böse Teufel in die Höhe.

Dann lichtete sich der Schleier.

»Es sitzt! Es sitzt wieder an seinem Platz!« jubelte Alexandra. »Ich hab's geschafft! Und nun laß du es anwachsen!«

Doch immer noch hörte ich Geräusche. Wie berstendes Eis. Auch Alex schien zu lauschen. Sie zog sie mich hoch. Mir war, als lief ich über Nebelschwaden.

Das Tageslicht schoß wie Laserstrahlen in meine Augen. Alex schrie: »Weiter!«

Das Eis! Noch einmal griff der Geist aus vergangenen Tagen nach meinem gemarterten Hirn.

Er ließ den Boden schwanken und den Horizont einbrechen.

Der lange Regen hatte den Boden aufgeweicht und die ohnehin schon lange auf Kippe stehende Erde wälzte sich nun endlich schwer und dumpf herab.

Wir standen neben unserem Auto und sahen zu, wie eine meterhohe Schlammlawine den Eingang der Höhle für weitere Jahrtausende verschloß.

»Schaffst du es zu Fuß nach Hause?« fragte Alex besorgt.

»Nein, aber das ist auch nicht mehr nötig. Ich sehe nämlich den Autoschlüssel.«

»Wie bitte?«

»Ja, er steckt im Zündschloß.«

Mitternacht

Kaum hatte ich geendet, da schlug der Regulator im Gastraum die zwölfte Stunde.

»Geisterstunde!« raunte Thomas. Susi fröstelte.

»Also daß ihr kein Handy mithattet, grenzt ja schon an böse Absicht«, sagte Sarah.

Ich hob beschwörend die Hände.

»Jaaa. Inzwischen hat sie ja eines.«

»Aha, gibst du mir die Nummer?«

»Untersteh dich«, tönte es aus den Decken neben mir. »Ich will meine Ruhe haben. Das Ding ist nur für den Notfall.«

»Buh!« machte Sarah. »Du bist aber manchmal auch ein Teufelsbraten.«

»Ich kann dir ja meine Nummer geben«, flüsterte ich ihr zu.

Alexandras Kopf erschien aus den Decken, als sei er ohne Körper.

»He! Was soll Sarah denn mit deiner Nummer? Habt ihr beide was zu bemauscheln?«

»Ach!« Sarah gab sich entrüstet. »Nun sag bloß, du bist ... also nein, das glaub' ich jetzt nicht! – Ich will deine Nummer ja auch nur für den Notfall. Irgendwo muß ich ja schließlich anrufen können, wenn *mir* mal was passiert.«

»Stümmt«, sagte Alex mit Schmollmund. »Hat Klein-Alexandra mal wieder nicht mitgedacht.«

Sarah bekritzelte einen Bierdeckel. Neben ihr erschien der Kopf von Kater Tom über der Tischkante.

»Ja, da guckste mit deinen großen Kulleraugen.«

Jens sah auf die Standuhr.

»Langsam werde ich müde. Wollen wir aufbrechen?«

Alexandra vergrub sich in ihren Decken und plusterte sich auf.

»Mich kriegt ihr hier nicht weg. Ich bleibe einfach so sitzen.

Oder wie wollt ihr mich abtransportieren?«

Jens grinste.

»Wir können dich ja nach Hause rollen. Du siehst nämlich aus wie zwei dicke Hamsterbacken, wo zwei Nüsse drin sind.«

Ich feixte.

»Findest du? Ich meine, sie sieht eher aus wie ein Uhu. Vielleicht kann sie ja nach Hause fliegen?«

Alex pustete.

»Ihr kriegt das fertig und schnallt mir einen brennenden Besen unter.«

Sarah schien auf dieses Stichwort nur gewartet zu haben.

»Das ist keine schlechte Idee. Nur, in dieser Aufmachung paßt du nicht durch den Schornstein.«

Alexandra verschränkte trotzig die Arme.

»Mann, seid ihr alle gemein. – Was soll das überhaupt? Über die Schwelle des Spukhauses bekommt ihr mich doch sowieso nicht!«

Heinrich kam mit einer ganzen Kanne Bärenfang an den Tisch.

»Dann laßt uns einen Schlaftrunk nehmen. Mein Fremdenzimmer ist zwar noch nicht fertig eingerichtet, aber der Ofen ist geheizt und von Alexandras Schafwolldecken habe ich noch eine ganze Truhe voll.«

Wir schlürften schweigend das heiße Honiggetränk. Monotoner Regen rauschte gegen die Fensterscheiben. Dann schlurften wir mit Decken behangen in das Fremdenzimmer und rollten uns vor dem Ofen ein. Durch den Türspalt fiel Licht, etwas auf vier Beinen schlüpfte lautlos hindurch und kroch zu Sarah unter die Decke. Dann hörten wir nur noch ein leises Schnurren ...

Zwei Steine

Zwei Wochen später

Ich räkelte mich auf der Couch.

»An was denkst du gerade?« fragte Alexandra.

»Ich versuche immer noch, das, was wir erlebt haben und die Geschichten, die wir uns im Deichkrug erzählt haben, zu einem Bild zusammenzubringen.«

»Und wonach suchst du?«

»Mir ist so, als habe das alles zusammen noch einen geheimen, verborgenen Sinn ...«

Alex klappte das Buch zu, in dem sie gerade gelesen hatte.

»Daran habe ich auch schon gedacht. Vieles mag wirklich Zufall gewesen sein, aber unser Abenteuer in der Höhle ... das war wie ein Ruf aus dem Jenseits.«

»Vielleicht kennt sich ja Senja mit sowas aus.«

»Bestimmt. Die kleine Hexe weiß sowieso mehr, als sie bislang erzählt hat. Naja, wir haben ja auch nie gefragt. Aber das werde ich jetzt nachholen.« Sie griff zum Telefon. »Hallo Senjuschka, hier ist Alexandra Dragowna. Wir rätseln gerade mal wieder an den Ereignissen in der Höhle herum. Habt ihr Appetit auf Apfelstrudel mit Vanilleeis? – Na, dann aber schnell in die Puschen.«

Bereits nach kurzer Zeit klingelte es an der Tür. Alexandra schnippte mit dem Finger.

»Angebissen, haha! Bei Apfelstrudel *kann* sie nicht nein sagen.« Senja drängelte.

»Los, Kuchen her!«

»Nun kommt erstmal rein. Da! Hinsetzen!«

Jens grinste.

»Hmm, was issen das für lecker Kuchen? Haste den selber gebacken? Dann erzähl ganz schnell, damit ich davon essen

160

kann.«

Wir kicherten, denn Senjas Augen wurden immer größer.

Alex verteilte den Kuchen.

»Das mach' ich nebenbei. – Mir ist folgendes in den Sinn gekommen: Vor tausend Jahren verschwindet Senja aus der Slawenzeit, hundertdreißig Jahre davor unsere Vorfahrin Aena. Nun frage ich mich, ob es zu der Kraft, die uns hierher gebracht hat, nicht auch eine Gegenkraft gibt. Bisher lief alles zu unseren Gunsten. Doch seit der Geschichte von Aena und Ansgar und unserem Erlebnis auf dem See – vor allem aber seit unserem Abenteuer in der Höhle habe ich das Gefühl, als könne sich dieses Blatt jetzt wenden. Ich glaube, etwas will uns wieder zurückholen.«

Wir schwiegen entsetzt, denn uns war sofort klar, daß Alexandra recht hatte.

Jens hatte die Hände vors Gesicht gepreßt.

»Das würde heißen, daß alles umsonst war.«

Ich winkte ab.

»Ich hatte schon damals auf dem See das Gefühl, Senja könne wieder in der Vergangenheit verschwinden.«

»Tja«, sagte Alex leise, »das kann dir mit mir jetzt auch passieren.«

»Und was machen wir nun?«

»Ich sehe zwei Möglichkeiten: Entweder wir bleiben alle hier, oder wir gehen alle mit.«

Nun wurde Senja nervös.

»Mitgehen? Zurück? Also dieser Gedanke erschreckt mich auf einmal doch. Nein, ich will nicht mehr zurück. Der Ratschluß unserer Götter war, daß hier mein Platz ist – Alexandra, und deiner auch.«

In Jens erwachte neuer Lebensmut.

»Das ist wohl wahr. Vor allem: Wieso greift ein Geist aus der Steinzeit nach uns? Soweit zurück müßten wir doch gar nicht.«

Ich rieb mir die Hände.

»Das isses! Das blöde Ding irrt sich!«

Alexandra stellte der Katze einen Krümelteller hin.

»Willst du mitgehen und es dem Gespenst sagen? Nein, soweit darf es gar nicht erst kommen. Wir müssen handeln, bevor *es* handelt.«

Jens hatte Daumen und Zeigefinger zu einem runden Gebilde geformt, durch das er aufmerksam hindurchsah.

»Mein Taschenorakel sagt mir, daß hinter der Geschichte noch eine Geschichte steckt. Alles andere würde mich mittlerweile auch sehr wundern. – Na, wollt ihr auch mal durchgucken?«

»Oller Quatschkopp«, sagte Alex.

Senja fiel über ihren zweiten Strudel her.

»Das mit dem Steinzeitgespenst gefällt mir auch nicht. Steinzeit, Steinwerkzeuge, weiße Räuchersteine ... Stein, Stein, Stein ...«

Senja tat ein wenig wunderlich, murmelte hin und wieder »hmm hm« und ließ sich dabei in aller Seelenruhe ein Stück Vanilleeis auf der Zunge zergehen.

»Es gibt da einen Satz in Ansgars Bericht, den ich bisher für unbedeutend hielt: ›Keinen Stein wird man Dir errichten und auch mir nicht mehr‹.«

Alexandras Augen glommen.

»Aha, und was liest du aus diesem Satz heraus?«

Senja hob eine Augenbraue.

»Die Alten unseres Stammes wußten noch von den Zeiten zu berichten, in denen die Wikinger ins Land fielen und Tod und Schrecken verbreiteten. Einige blieben jedoch im Lande, lebten fortan friedlich unter uns und brachten es manchmal auch zu hohen Würden. Es wäre also gut möglich, daß Ansgar wirklich ein Normanne war, wie wir ja schon vermutet haben. Nun gibt es seit alters her bei den Wikingern den Brauch, in der Fremde umgekommenen Gefährten in der Heimat einen Runenstein zu

162

setzen. In diesen wurden die Heldentaten der Gefallenen sowie ein Totengebet geritzt.«

Ich kratzte mich am Kopf.

»Aena meinte mit ihrem mysteriösen Satz also, daß Ansgar diese Ehre nicht zuteil werden würde? Ansgar hat sich darüber in seinem Bericht merkwürdigerweise nirgends beklagt ...«

»Nein«, sagte Senja nachdenklich, »und zwar aus gutem Grund. Die Heldensteine sind für die Toten gemacht, sind also eine Art Grab. Doch wehe, wenn der Totgeglaubte noch lebt!«

Jens' neues Taschenorakel bestand aus zwei Daumen und Zeigefingern und war viereckig.

»Dann holt ihn der Stein zurück und zieht ihn hinab in die kühle Gruft.«

»Ja«, murmelte Senja, »der Stein will seine Bestimmung erfüllen. Er wird zum Fluch, zum Mordstein.«

Ich sah sie zweifelnd an.

»Und du glaubst jetzt, jemand hätte auch dir so einen Stein gesetzt?«

Jens fuhr hoch.

»Dann sollst du also gar nicht in die Vergangenheit zurück, sondern du sollst – sterben?! Um Gottes willen, daran habe ich ja noch gar nicht gedacht.«

Uns war kalt. Nur Senja ließ nicht ab von ihrem Apfelstrudel, als wäre ihr schon bewußt, daß es ihr letzter sein könnte.

»Nun zum zweiten Teil von Aenas Ausspruch: ›... und mir auch nicht mehr‹.«

Alexandra fiel ihr ins Wort.

»Auch ihr hat man einen Mordstein gesetzt! Und der hat sie zweihundert Jahre nach ihrer Flucht dann tatsächlich geholt!«

Senja richtete sich auf und hielt sich den Bauch.

»Ja, aber sie konnte dem Fluch irgendwie entkommen. Doch wie hat sie das gemacht?«

Jens rang sichtlich nach einer Lösung.

»Verdammt, hätte Ansgar das nicht einfach aufschreiben können?«

Senja schüttelte den Kopf.

»Nein, man darf den Fluch nicht auch noch auf Papier bannen. Aber ich kann ihre Andeutung einfach nicht weiter auslegen.«

»Aber ich!« rief Jens plötzlich. »Wie sagte Aena? ›... und mir auch nicht mehr‹. Auf das kleine Wörtchen ›mehr‹ kommt es an. Es muß heißen: ›Meinen Stein habe ich vernichtet, und einen neuen wird mir niemand mehr errichten‹. Senja, wir müssen deinen Stein finden und zerstören!«

Senja nickte langsam, schien aber noch nach etwas anderem zu suchen.

»Ich frage mich, wer mir sowas antut.«

»Das war bestimmt unbewußt. Vielleicht wollte man dich einfach nur ehren, schließlich warst du doch ihre zukünftige Herrscherin«, sagte ich arglos.

»Unsinn!« rief sie verzweifelt. »Wir haben weder Toten noch Lebenden einen Stein gesetzt! Diese Sitte ist erst später mit der Herrschaft des fremden Gottes über uns gekommen. Und die neuen Herren haben die Steine gesetzt, um sich an Aena und mir zu rächen, weil wir ihnen damals entkommen sind! Ich habe es vorhin nicht erwähnt, aber in Runensteine wurden auch Racheschwüre gemeißelt.«

»Wenn die Sitte, Steine zu setzen, auch bei euch Einzug gehalten hat«, versuchte ich es nochmal, »dann könnten es ja doch Ehrensteine gewesen sein ...«

Senja sah mich aus schmalen Augen an.

»Wenn wir den Stein jemals finden sollten, lese ich dir die Inschrift höchstpersönlich vor. *Mir* graut jetzt schon davor.«

Jens hob beschwichtigend die Hände.

»Ist doch jetzt auch egal. Wir müssen den verfluchten Mordstein finden, über alles andere könnt ihr euch später streiten.«

Senja ließ sich erschöpft auf die Couch fallen.

»Wo sollen wir denn da mit dem Suchen anfangen? Wie mag Aena ihren Stein gefunden haben? Und was hat sie mit ihm gemacht? Ich versteh' das alles nicht.«

Alexandra setzte sich mit einer Tasse Kaffee zu ihr.

»Ich glaube, daß das *doch* in Ansgars Bericht steht. Seine einsamen Gedanken während der Reise nach Lunkin, Albos Tod, sein Gespräch mit Markgraf Helmhold – all das handelt immer wieder von Magie, der Angst davor und wie man sich vor ihr schützen kann. Zunächst geht es noch um Aenas mystische Kräfte, zunächst ist das alles erst halb zu Ende gedacht, und so recht sicher ist sich sowieso niemand. Doch bei seiner Reise ins Slawenland hat Ansgar das Schlüsselerlebnis: Die Begegnung mit dem Drachen. Während er vor Angst fast vergeht, schreitet sein Esel ungerührt voran. Und da plötzlich erkennt Ansgar die ganze Wahrheit, da erhält sein Weltbild den entscheidenden Todesstoß.

Er begreift, daß sein Esel, der weder Gott noch Teufel kennt, sich auch vor Gespenstern nicht fürchten muß, da er sie gar nicht sehen kann. Und er weiß plötzlich, daß seine Visionen nur ein Teil der ganzen unseligen Konstruktion sind, in der er sein Leben lang als kleines Rädchen gefangen war. Er hat es in einem früheren Satz schon vorweggenommen, als er dem Markgrafen riet: ›Zauber wirken nur durch den Glauben daran‹. Endgültig jedoch schüttelt er die finsteren Mächte ab, als er Aena gegenübersteht und sagt: ›Unsere Götter haben nie existiert‹.

Und jetzt, Senja, kommt der eigentlich entscheidende Satz: Aena sagt zu Ansgar, daß sie das schon lange weiß. – Das zu Ende zu deuten, überlasse ich dir.«

Senja strahlte wilde Entschlossenheit aus.

»Dann muß es wohl sein. Dann muß ich mich wohl auch von meiner letzten Erinnerung an mein altes Leben trennen. Aena hat es vorgemacht, und ich folge ihr jetzt nach: Sie hat dem

Götzentum abgeschworen ... und dann war sie FREI!!«

Am nächsten Tag lasen wir in der Zeitung, daß der in der Kirche zu K. vermauerte sogenannte »Slawenstein« aus der Wand herausgefallen und in mehrere Stücke zersprungen ist.

Mehr Informationen und Bücher des Autors: www.olejko.de